ことのは文庫

嘘つきジャスミンと
秘密の多い香水店

miyabi

JN109006

MICRO MAGAZINE

Contents

嘘つきジャスミンと秘密の多い香水店

第1話

謎多き調香師《パフューマー》

「私の人生、どこかで間違ったのかな……」

だらだらと続く坂道を上りながら、私は大きなため息をついた。駅から父の店までは十分ほども坂を上らなければならず、あの時、アメリカに留学していたらとか、習い事のピアノを続けていたらとか、益体もない妄想が、湧き上がっては消えていく。ただでさえ悲鳴を上げている私の足は、さらにずっしり重くなった。

ようやく商店街の入り口が見えてきて、私はふうと息を吐く。左手には児童公園があり、春になれば桜が見られるはずだが、今はまだ硬い幹と枝をさらしている。空っ風の吹く平日の朝、人影はなかった。

買い物を終えて商店街から出てくる自転車とすれ違いながら、アーケードへと足を踏み入れる。古い店と新しい店が混在するこの商店街は、ちぐはぐなパッチワークみたいだ。お茶屋さんの隣に、全国チェーンの古本屋。肉屋、八百屋、魚屋ときて、百円ショップ。買い物しやすいかどうかはともかく、私はこの混沌とした並びがわりと好きだったりする。

居酒屋と金物屋の間に、見逃してしまいそうなほど慎ましやかな、通りの入り口がある。その先に、入り口に見合う、軽自動車でも躊躇するような幅の狭い道。そこを入った突き当たりに、父の店がある。端っこなので、その敷地の半分はアーケードの屋根からはみ出ている。後からアーケードができた時、なぜか寸足らずだったからだという説と、台風で屋根が攫われてしまったという説があったが、どちらにせよ大家ですらもう覚えていない昔のことだという。父はその立地を大層気に入って、そこに店を構えた。一階は店舗で、地下は香水作りのための工房。父の店は、香水店だった。

　父の店、といったが、それは一年前までのことだ。私の父は一年前に失踪した。店には休業中の紙が貼られ、そっくり中身を残したまま、父はいなくなった。テナントが店を投げ出して失踪したら大家は激怒しそうなものだが、家主である老婦人は聖母のような慈愛で、しばらくはそのまま、父の帰りを待とうと言ってくれた。テナント料は、店の庭で収穫したハーブの一部を彼女に奉納すること。そして彼女とお茶を飲み、話し相手になること。私はそんなおままごとみたいな約束を守るため、主に週末にひとり暮らしのアパートから店を訪れ、庭の世話をしていた。

　この奇妙なやりとりに変化の兆しが見えたのは、先月のことだった。

　あの場所で香水店を開きたいという人物が現れた。父の店をほぼそのまま、居抜きのような形で使わせてもらえないか、という提案だった。大家の葉山《はやま》さんは思わず、なぜあんな寂れた場所で、と本音を漏らしたらしいが、彼――その奇特な人物は男性だった――はこう答えたという。尊敬する調香師と同じ場所で、店を開きたいのだ、と。尊敬する調香師とはもちろん、私の父のことだ。そして名乗りを上げた彼もまた、調香師だった。

　調香師。一言でいえば、香料を調合するプロだ。香水をはじめとした化粧品、最近では柔軟剤なども話題だけれど、そういった食品以外の香料を作る専門家は特にパフューマー、調香師と呼ばれる。父はオーダーメイドの香水を作ることを主な仕事にしており、それなりに評判のパフューマーだった。そのさらに昔は世界で活躍していたらしいが、私が物心ついたころには既に、父は〝町の香水屋さん〟になっていた。

　ともかく、今までに何件かあったテナントの申し出を断ってきた葉山さんが、父を知る人なら、と心を動かされたらしい。しかも同じ調香師で、香水店。彼女は私に電話で、貸し出してもいいかと尋ねた。

　父の失踪後に知ったことだが、父は自分に万一のことが起きた時、店の備品や商品などの一切の所有権を私に譲ると決めていたらしい。父の書いた念書が、葉山さんの下で保管されていた。

　所有権のことを知った時、薄情だけれど、面倒なものを託されてしまったと思った。機器類はメンテナンスしなければガラクタになってしまうし、商品の香水や原料だって私には必要のないものだ。父の代わりに香水店を開くつもりも、毛頭ない。

　葉山さんはそんな私の心のうちも、たぶんお見通しだった。

　――事情はお伝えしておくから、心配しないで。大丈夫、「あの部屋」は開けないようにお願いしてあるわ。

　申し訳ないと思いながら、私は彼女の優しさに甘えた。そしてそれから一週間もたたないうちに話は進み、正式に契約が決まった。店は改装する予定もないから、今月の二十日に早々とオープンするらしい。

　今日は二月十七日。開店はもう三日後に迫っていた。私が店を訪れたのは、店主となる人に挨拶をするためだった。せっかくだから会ってみればと葉山さんは言い、何がせっかくなのかわからないまま、私はこうしてやって来た。正直、父を知るという彼に、興味はあった。歳はやはり、父と同年配だろうか。父は芸術家肌で、少々浮世離れしたところがあったが、彼もそうなのだろうか。

店の外観は、看板も含めてどこも変わっていなかった。一見すると、カフェのような佇まいだ。かつて真っ白だった壁は古びてきたけれど、これはこれで趣があって悪くない。

顔を少し上に向けると、二階の窓が見えた。二階は住居部分で、子供の頃は両親と共にあそこで暮らしていたが、新しい店主はどんな風に部屋を使っているのだろう。あまりじろじろ見るのも気が引けて、私は木製のドアに視線を向けた。ドアには休業中と書かれた紙が貼ってあったはずだが、今は【二月二十日OPEN】という紙に代わっている。

店のショーウィンドウ越しに、そっと中を覗いた。レジカウンターの向こうに、人影が見える。今は背を向けているから顔は見えないが、思ったよりずっと若そうだ。黒髪に白髪は見えないし、身のこなしも軽快だった。

今日私がここに来ることは連絡済みなので、このままドアを開け、名乗ればいい。わかっているのに、どうにも気おくれしてしまって、私は逃げるように庭のほうに回った。店舗兼住居の隣にある庭の頭上は、青い空。アーケードの屋根が途切れ、日当たりは良好だ。二畳程度だけれど、好きな植物を自由に育てられる、私だけの秘密基地だった。

最近はハーブに凝っていて、冬の今はミントやベルガモット、レモンバームたちが、腐葉土の下で春を待っている。寒さに強いラベンダーも、冬は生育が鈍くなるので、縮こまっているように見えた。

いつもは庭を見れば心が落ち着くのだが、今日は反対にざわざわとした。原因はわかっている。一週間ほど前に起きた、大学の研究室での一件のせいだ。

その日、用事があって早めに研究室を出た私は、雨が降っているのに気づき、置き傘を取りに引き返した。そして薄く開いたドアの前で、漏れる声を聞いたのだ。

――真中《まなか》さんって、暗いよね。ハーブ育てるのが趣味って聞いたけど、もっとヤバいもの育ててそうじゃない？

――え、大麻とか？　こわーい！

――魔女みたい！

続いて聞こえてきた、数人の笑い声。全員、同じ研究室の学生たちだった。

昔から、人付き合いが苦手な自覚はあった。普通に雑談することが、私にとってはすごく難しい。一対一ならまだ良いけれど、グループになるともうだめだ。頑張って喋ろうとして、キツいことやとんちんかんなことを言ってしまう。自己嫌悪で落ち込むことが増えてからは、必要最低限の会話しかしなくなった。良い評価は期待していなかったけれど、〝魔女〟までは想像していなかった。

その日は結局雨の中を濡れて帰り、翌日から大学に行けていない。振り込んだ学費がもったいないとか、大学に行かないのに奨学金で生活する罪悪感とか、自分に言い聞かせてみたけれど、どうにも足が向かなかった。

完全に逆恨みだが、なんだかハーブが憎らしく見えてきた。いっそ燃やしてしまったらすっきりするのでは、なんて考える。しゃがみ込んで、防寒用に敷いた腐葉土を指先でついた。ハーブはぬくぬくと温かい布団の下で冬を越そうとしているのに、どうして人間はこんな寒い日まで出歩くのだろう。

「もう春まで冬眠したい……」

「ハーブと一緒に、ですか？」

背後から聞こえた声に驚いた私は、振り向く動作と立ち上がる動作を同時にやろうとして見事にバランスを崩した。結果、尻餅をついて声の主を見上げることになった。

「すみません、驚かせてしまいましたね」

腰丈のエプロンをつけた男性が、申し訳なさそうに立っていた。先ほど後ろ姿だけ見えた彼だ。店の中にいたのに、いつの間に出てきたのだろう。助け起こされて立ち上がった私は、はっと我に返って、コートについた土を払った。

「あの、私、真中茉莉《まつり》です。前の店の店主が私の父で――」

「ええ、真中一世《いっせい》さんの、娘さんですよね。そろそろいらっしゃるころだと思っていました」

慌てふためく私とは対照的に、彼は落ち着き払っていた。ニコリと笑って言う。

「初めまして、志野《しの》と申します。この場所を貸してくださって、ありがとうございます」

「いえ、それは大家さんが……私は何も……」

彼が葉山さんから何を聞いたかはわからないが、少なくとも私が感謝される理由はない。しどろもどろに言葉を継ぐ私を、志野さんは微笑むことで遮った。

「ひとまず、中に入りませんか？　今日は特に寒いですから」

冬眠したくなるくらい、とぽそりと呟かれて、私は赤面する。けれど不思議と、からかわれたという不快感はなかった。言葉にならずとも、彼の目が、こんな寒い日はのんびりしたいですね、と賛成してくれたように見えたからかもしれない。

店の中は、開店準備中にしては整っていた。テーブルも棚も、私の記憶のまま。ところどころにダンボール箱や木箱が置かれていて、中に父が商品として並べていた香水やハンドクリーム、石鹸などが行儀よく敷き詰められていた。私の目線に気づいた志野さんが、恐る恐るといった顔で私を窺っているので、また私は慌てた。

「違うんです、不満があるわけではなくて。ただ、綺麗に敷き詰められているなあと感心していただけです」

志野さんは我慢の限界というように吹き出して、それからすみませんと謝った。

「安心しました。葉山さんからは大丈夫だと伺いましたが、娘さんの心の拠り所を奪ってしまうのではと心配だったもので」

「店には確かに父との思い出が詰まっていますけれど、そのままにしているのも心苦しいので。葉山さん、私にテナント料を請求しないし、ガスも水道も止めずにいたんですよ」

「なるほど、茉莉さんは現実的な方なんですね」

志野さんは納得したように頷いた。

見たところ、彼は私と年齢があまり変わらないように見えた。見た目だけなら大学生でも通りそうだが、この落ち着きは、二十代後半だろうか。父を知っていると聞いたが、父が調香師として活躍していた頃はまだ子供だったはずだ。

「現実的ついでに聞きますけれど、利益は見込めるんですか？　父はあまり……その、儲かっているようには見えなかったので」

ぶしつけな質問に、志野さんはなぜだかちょっと悪そうな顔で、にやりと目を細めた。

「実はちょっと、〝当て〟があるんです。うまくいけば、大繁盛しそうなね」

失礼にも私は、二時間サスペンスの脅迫者のようだなと思った。犯人を脅迫して、反対に殺されてしまう残念な役。殺される前に、大金が手に入ると吹聴して回るのが定番だ。父も夢見がちなことばかり言っていたが、この人もある意味夢見がちというか、見通しが甘い人なのだろうか。

「それで、その当てというのは？」

「ああ、実はですね――」

カラン、とドアベルが鳴って、志野さんは店の入り口に目を向けた。若い女性がドアに手をかけたまま、あの、と遠慮がちに口を開いた。

「このお店、再開されるんですか」

「店主が変わるので、再開というよりは別の店ですね。御用があったのは、前の店でしょうか」

志野さんの穏やかな問いかけに背中を押されるようにして、女性はこくりと頷き、答えた。

「このお店の香水をつけると、願いがかなうって聞いたんです。来週、婚約者の両親と会うことになっているんですが、今から緊張してしまって……。その香水を、お守りにしたいと思ったんです」

志野さんは私を振り返って尋ねた。

「真中先生が作られた香水はお出しできますが、どうしましょう。確か、あなたに所有権が譲渡されたと葉山さんからお聞きしましたが」

「ええと……」

唐突に判断を求められ、たじろいだ。でも、志野さんの言う通り、父は私に商品の所有権を託したのだ。今決断を下せるのは、私だけ。それなら、遠慮する理由はない。

「大丈夫です。どれでも、ご希望のものをお渡ししてください」

志野さんはカウンターの奥に行き、木箱を抱えて戻ってきた。中に整然と並んでいるのは、紙箱だ。そのパッケージには、私も見覚えがあった。父が一人で手作りしていた、天然香料を使った香水だ。

「ここにあるのは、前の店主だった方が作られた香水です。保存状態も良好なので、品質にも問題はないはずです」

木箱をテーブルに置いた志野さんは、香水を出してテーブルに並べていく。植物がテーマのシリーズらしく、花やフルーツの絵があしらわれていた。これで希望に沿えると私はほっとしたのだが、女性は戸惑いを顔に浮かべていた。

「探しているものは、これではなかったですか？」

心配になって訊ねると、女性は慌てて首を振った。

「ネットの口コミで見たのも、これだと思います。ただ、どう選べば良いのか全然わからなくて」

恥じ入るように俯いてしまった女性に、志野さんはテーブルの前の椅子をすすめた。

「難しく考える必要はありませんよ。基本は、自分の好きな香りを選ぶだけです。――でも、まず探し方がわからないですよね」

女性はそうなんです、と勢い込んで答えた。

「お店で片っ端から嗅いでいくと、段々わからなくなっちゃって。なんとなく、好きな匂いの系統はわかるんですけれど」

「では、まず大きな括りの中から選んでみましょうか。香水をざっくり分類すると、三種類になります。一つ目は、フローラル系という、花の香りをイメージしたもの。香りのイヴと呼ばれる、最も古い歴史を持つファミリーです。現在でも、半分以上の香水はこのフローラル系です」

志野さんは香水瓶のラベルを確認すると、蓋を開けた。それだけで、香りがふわりと広がった。甘みを帯びた、バラの香り。華やかで、ドレスアップしてパーティーに行くにはぴったりだ。

「これは、オリエンタル系。その名の通り、東洋の神秘をイメージした香りです。東洋産のスパイスを加えたものと、ムスクやアンバーグリスなど、動物系の香料がブレンドされたものがありますね」

「動物系……動物から香料を採るんですか」

女性は意外そうに声を上げた。

「ええ、現代では合成香料が使われていますが、かつては本当に動物から抽出していたそうです。ムスクは麝香鹿《じゃこう》の分泌嚢から、アンバーグリスはマッコウクジラの腸結石《ちょうけっせき》から、というように。クセはありますが、印象的な香りです」

別の瓶を、志野さんが開ける。確かに、スパイシーで好みの分かれそうな香りだった。フローラル系は清涼感があったが、こちらは重厚で温かみが感じられる。同時にツンとくる成分もあって、一言で表現しづらい複雑な香りだった。

「最後は、シプレ系です。最大の特徴は、オークモス——苔の匂いがブレンドされていることですね。地中海周辺に咲く花であるジャスミンやバラ、柑橘類、西洋杉などと合わさって、上品な香りになります。イメージとしては、森林の中で香る花や果実、というところでしょうか」

霧にけぶる森林の中に立っているかのような香りだった。朝露に濡れた瑞々しい花の香りと、土の匂い、草の匂いが混ざっている。思わず深呼吸したくなる、親しみのある香りだ。

「さて、この三種類だと、どれが好きな系統に近いですか？」

女性はフローラル系だと即答した。

「でも、先ほどのは少し甘すぎるというか……もう少し、控えめのほうが好きです」

抽象的な表現にもかかわらず、志野さんは質問を重ねることなくパッケージの成分表示を眺めて、また三種類の香水を選び取った。私も同じように見てみたが、理系の私でも馴染みのない化合物名が並んでいるだけだ。

「見ただけで、香りがわかるんですか」

思わず尋ねると、まあ大体は、という答えが返ってきた。私は女性と一緒に、感嘆のため息をついた。

「先ほど、たくさんの香水を嗅ぎすぎてどれが良いかわからなくなる、というお話がありましたが、人間の嗅覚というのは意外にくたびれやすいんです。一度に嗅ぎ分けられるのは二、三種類だといわれていますし、強い匂いを嗅ぎすぎても麻痺してしまいます」

「二、三種類……今、もう嗅いでしまいましたよね」

不安に思って聞くと、志野さんは大丈夫ですよと笑った。

「五分ほどたてば、元に戻ります。わからなくなったら、そうやってリセットすればいい。焦らず妥協せず選ぶことが、長く使える香水を選ぶコツです。でも今は軽く香りを確認しただけなので、もう影響はないと思います。一つずつ、試してみましょうか」

志野さんは緑色のエプロンのポケットから、細長い紙の束を取り出した。香水売場でよく目にする、短冊状の白い紙だ。一枚を取って、先端を香水に浸す。残り二種類の香水も同様にして、手渡された女性が順番に香りを嗅いでいった。

すべての香りを確認し終えた時、女性は尊敬のまなざしで志野さんを見ていた。

「すごい、甘さを抑えた香りってこんなにバリエーションがあるんですね。しかも全部、私好みの香りです」

志野さんはにっこりと笑い、それぞれの香水について説明した。

「三種類とも、お好きだと伺ったフローラル系です。一つ目は柑橘の瑞々しい香り、二つ目は青々としたグリーンの香り、三つ目はベルガモットというハーブの香りで、それぞれ香りが甘くなりすぎないよう引き締めています」

女性はもう一度嗅ぎ直していたが、諦めたように顔を上げた。

「決められません。だって、どれもすごく良い香りなんですよ」

「では、もう少し待ってみましょうか。香水の香りは、時間によって移ろっていくものですから」

「あ、トップノートとか、ミドルノートとかですね！」

講義を受ける学生のように言うと、志野さんがそうです、と微笑んでくれた。

「香水の成分は揮発《きはつ》していく時間がそれぞれ違うので、それに伴って感じる香りも違ったものになります。今はトップノートと呼ばれる香りですね。あと十五分ほど待てば、ミドルノートが香るはずです。僕としては、ミドルノートまで確認してから買うのがおすすめですね。家を出る前に香水をつけたら、人と会う時は既にミドルノートが香っていることもありますし」

なるほど、と女性は頷き、香水の染み込んだ細長い紙――ムエットというそうだ――をじっと見つめた。少々肩に力が入りすぎているようにも見える。

「あの、もしよろしければ、待ち時間にハーブティーなんていかがですか」

私は持ってきたバッグの中から、ラッピングした茶葉を出した。店の庭で採れたハーブを使ったもので、挨拶と一緒に志野さんに渡そうと思っていたのだ。余分に持って来たので、一つ開けても問題ない。

「でも、突然押しかけてお茶までいただくなんて……」

「手作りなので、そんな大したものじゃありませんから」

私は志野さんに断って、店の奥からポットとティーカップ、電気ポットのお湯を拝借した。休憩室と給湯室を兼ねたスペースがあり、やはり物の配置は父のいたころと変わっていなかった。

いくつか種類のある中から、バラの花びらをブレンドしたものに決めた。バラの香りはリラックス効果があると聞いたことがあるし、紅茶をブレンドしてあるので飲みやすい。後味にレモングラスのまろやかな酸味が、ほのかに感じられるはずだ。

三人分を淹れ、みんなで味わう。お客さんの女性も志野さんも、美味しいと言ってくれて、私は内心ほっとしていた。まさか魔女みたいだなんて言われないだろうけれど、大学でのことはそれだけショックだった。

「さて、そろそろですね」

壁掛け時計を見て、志野さんが言う。いつの間にか、二十分ほど経過していた。女性の前には、三本のムエット。緊張した面持ちで、一つを摘まみ上げる。

彼女の表情が変わったのは、二本目のムエットを嗅いだ時だった。

「この匂い……桜?」

「桜の花そのものというより、和菓子の桜餅が近いかもしれませんね」

志野さんの言葉が気になって私も嗅がせてもらうと、トップノートで際立っていた百合やグリーンの香りが薄まり、桜餅に巻かれた葉の、懐かしい香りが顔を出していた。

「私、これにします」

女性はきっぱりと、そしてすっきりとした顔で言った。ここで困ったのは、いくらで売ったらいいのかということだ。作られてから時間が経っているし、私としては無料でも良かったのだが、それは女性が譲らなかった。

「だって、ただでもらったお守りって、ご利益なさそうじゃないですか」

気持ちとしては、まあわかる。結局、父が書いた値札を掘り出して、その値段をいただいた。帰り際、また来ますと言ってくれた女性に、私は気になって尋ねた。

「どうして、桜の香りが決め手になったんですか」

彼女は内緒話をするみたいに、実はね、と言った。

「彼と初めて喧嘩した理由が、桜餅なんです」

頭上に疑問符を浮かべた私と志野さんを見て、女性は笑って説明を加えた。

「彼が桜餅を食べたいと言ったので、家を訪ねる前に和菓子屋さんに寄って買って行ったんです。でも彼は、それを見てこんなのは桜餅じゃないって言いました。その時に初めて知ったんですけど、関東と関西では、同じ桜餅といっても違う和菓子を指すんですね。関東は『長命寺《ちょうめいじ》』で、関西は『道明寺《どうみょうじ》』。私が買ったのは、長命寺でした」

「長命寺」は確か、薄いクレープのような桜色の生地で餡子を包んだものだ。一方「道明寺」は、桜色だが表面はつぶつぶで、食感はもちもちしていたと思う。

「私もずっと東京に住んでいるので、桜餅と聞いて思いつくのは長命寺ですね」

関東と関西で桜餅の定義が違うなんて、まったく知らなかった。

「せっかく買って行ったのに文句を言われるし、私も頭に血が上ってしばらく言い合いになったんですけど、食べてみたら意外と彼も好きだったみたいで。何だか馬鹿馬鹿しくなって、すぐに仲直りしました」

だから今では良い思い出だと、女性ははにかんだ。

「あの時のことを思い出したら、ちょっとした行き違いとか、意見がぶつかることがあっても、うまくやっていけるような気がするんです」

彼女は入ってきた時とは別人のように晴れやかな顔で、店を出て行った。外は真冬の寒さのはずなのに、彼女の周りだけ、少し早く春風が吹いているかのような、そんな足取りだった。

「……お見事です。さすが、プロですね」

本心から出た言葉だったが、志野さんは謙虚にそっと否定した。

「香水が素晴らしかったからですよ。あれだけの種類をお一人で作られていたなんて、とても信じられません。それに、ハーブティーのアシストもありましたから。あのハーブは、この店の庭で採れたものですか」

大家の葉山さんから、私が庭でハーブを栽培していることを聞いたという。私は肯《うなず》いた。

「ここで栽培して、家で乾燥させたりブレンドしたりしていたんです。でも、もうやめてもいいかなって思っています」

「どうしてです？　お庭は今まで通り使っていただいても……」

「そう言ってくださるのはありがたいですけど、ちょっと嫌なことがあって、ハーブを見るのがつらくなっちゃって。処分するのも面倒だから、もう燃やしちゃいたいくらい」

いつの間にか私は感情的になって、そんなことまで口走っていた。恥ずかしくなって、顔を伏せる。志野さんは呆れるか、変なことを言う人だと不審に思っただろう。

「……燃やすのは、やめたほうが良いんじゃないですか」

　頭上から声が降ってきて、私は身を竦めた。植物が可哀そうだとか、もったいないとか、そんな風に叱られると思ったのだ。でも彼は、予想のはるか斜め上のことを言った。

「法律違反です。見つかると罰金が科されるかもしれませんよ」

「……え？」

　私は呆けた顔を志野さんに向けた。冗談かと思ったが、彼は至極真面目な顔をしていた。

「自宅でものを燃やすことは禁止されているんです。焚き火とか暖炉の薪とかは例外みたいですけど、燃やさないほうが無難です」

　はあ、と私は気の抜けた返事をした。なんだか力も抜けて、視界もぐらぐらしている。

「茉莉さん？　大丈夫ですか」

　足元もふらついてきて地震かと思ったが、揺れているのは私だけだったようだ。椅子に座ってもまだ目眩がした。

「昨日の昼から何も食べてないので、たぶんそのせいです」

「どうしてそんな無茶を。もしかして、体調が悪い中来てくださったんですか」

「いえ、体調は問題ありません。ただ、食べるのが億劫になってしまって」

　志野さんはやおらエプロンのポケットに手を入れると、飴の包みを出した。さっきはムエットが入っていたし、何でも入っているポケットだ。志野さんの目に圧を感じて、私は大人しく包みを剥ぎ、飴玉を口に入れた。

「ちょっとそこで待っていてください」

口の中の糖分が身体に行き渡っていく感じがして、心地よい。甘酸っぱい、レモン味だった。言われた通り座って待っていると、十分ほどで、空っぽの胃を刺激する匂いが漂ってきた。行儀悪く鼻をクンクンとさせる。コンソメだ。

「どうぞ、熱いので気をつけてください」

目の前に置かれたのは、ポトフだった。ホカホカと湯気を立てている透き通ったスープの中に、色鮮やかなニンジンや味の染みていそうなキャベツ。ソーセージからも、いい出汁が出ているに違いない。

今さら猛烈な空腹に襲われた私は、いただきますと言うのとほぼ同時に、スプーンを手にしていた。私はかなりの猫舌だが、冷めるのを待ちきれずにスープを掬《すく》い、啜った。当然、熱い。でもそれ以上に。

「すごく美味しいです……」

「それは良かった。昨日の夜作ったので、今日はシチューにでもしようかと思っていたんですが、そのままにしておいて正解でした」

「志野さん、お店が開けそうですね」

「ええ、開くつもりですが」

きょとんとした顔で、志野さんが言う。そうじゃなくて、料理のお店も、という意味だったのだが。さっき応対していた時は惚れ惚れするほどプロフェッショナルだったのに、どこか抜けているというか、ずれている人らしい。

　この人は、たとえ他人から悪意を向けられても、さらりとかわしてしまいそうだ。仕事ができて、物腰も柔らかい。しかも料理上手。加えて、容姿まで整っていた。お店のドアと比べて、背は一八〇センチくらい。やや童顔の顔立ちと柔らかそうな黒髪が、優しげな空気を醸し出している。人を惹きつける要素が、これでもかと詰め込まれていた。不器用でこれといった取り柄のない、気弱で地味な私とは、対極な人。それが、今の段階での志野さんの印象だった。

　だから、私は彼に少しばかりジェラシーを感じて、聞かれもしない自分の話をした。彼を試すみたいに。

「私がご飯を食べる気が起きなかったのは、大学で嫌なことがあったからなんです。私、さっきお話しした通り、ハーブを栽培するのが趣味で、大学の研究室にも手作りのハーブティーを持って行って皆と飲んだりしていたんですが……」

　先生たちも、先輩後輩も、すごいと言ってくれた。ハーブティーを飲んで、美味しいと言ってくれた。でも、それは気を使っただけのお世辞だったのかもしれない。

「みんな喜んでくれていると、ずっと思っていました。でも、私のいないところで、私のことを『魔女』みたいだって笑っていたんです。しかも、付き合っている同期の穂積《ほずみ》くんは、その輪の中にいたのに一緒になって笑っていました。彼氏なのに、庇ってくれませんでした」

「……大学は、お休みしているんですか」

「はい、一週間ほど前から」

隠しても仕方ないので、私は正直に答えた。同期の女子とは馴染めないし、穂積くんとも最近はすれ違ってばかりだ。自分の研究も順調とはいえず、なんだか色々なことが面倒になってしまった。張りつめていた糸が、ぷつんと切れたように。

「魔女というのは」と、唐突に、志野さんが言った。

「悪口になるんですか？」

「不気味で得体が知れないとか、気持ち悪いとか、そういう意味なら悪口だと思います」

自分で言って悲しくなるが、たぶん〝そういう意味〟だ。

「善い魔女だっていますよ。オズの魔法使いの、北の魔女とか。あと、シンデレラに魔法をかけるのだって、魔女です。……あ、シンデレラと言えば」

志野さんは何か閃いたのか、ぱっと顔を輝かせた。

「香水って、シンデレラにかけられた魔法に似ていると思いませんか。魅力的な香りは魔法のように人を惹きつけるけれど、時間がたつと消えてしまう。深夜零時に魔法が解けてしまう、シンデレラのように」

「ふふ、志野さんって、ロマンチストなんですね」

私にとっては、彼の言葉のほうが魔法のようだった。彼にかかれば、私を傷つけた言葉だって自由に飛翔し、思わぬところに着地して、私を勇気づけたり、わくわくさせたりする話に変わってしまう。

どんな人なのだろう。まだ、底知れぬ何かが、この人にはある気がした。言葉を交わすたび、どんどん興味が湧いてくる。

「志野さんはどうして、こんなところで店を開こうと思ったんですか。調香師というと、普通はコスメブランドや洗剤メーカーのような企業と契約していることが多いですよね。突然店を始めるなんて、何か特別な理由があるんですか」

志野さんは曖昧に笑みを浮かべ、反対に問い返した。

「茉莉さんは、調香師としての真中一世氏のことをご存じでしょうか？」

「ここで店を開く前のことは、よく知りません。海外――フランスやスイスにも仕事で出かけていたとは聞いたことがありますが、あまり昔のことは父も話さなかったので」

客と喋るのが好きで陽気な父だったが、私と二人きりだと少しぎこちなかった。長い会話やまじめな相談も、したことがない。もし私から尋ねていたら、父は教えてくれたのだろうか。父との会話で覚えているのは――。

「……エウレカ」

「え？」

香水とは関係ないかもしれないと前置きして、私は言った。

「私は週末、ハーブの世話をするためにここに来ていました。その時の、挨拶のようなものです。私に、『エウレカはあったか？』って」

「確か、エウレカって、古代ギリシャのアルキメデスが言ったとされる言葉ですよね」

「ええ、何か嬉しい発見があった時、『エウレカ!』って叫んだという話があるそうですね。私は理系の大学院に通っているので、研究の調子はどうだ、というような意味です。父は私を相手にすると緊張するみたいで、一種の照れ隠しですよね」

「早熟の天才調香師にそんな弱点があったとは、意外でした」

志野さんは楽しそうに破顔した。

「父は天才……だったんですか?」

「香水業界では、そう呼ばれていますよ。今でも話題に上るくらいです。彼ならこのテーマをどう料理するだろう、とか。僕も、真中一世という調香師がいなければ、調香師にならなかったと思います。あの香水――『マツリカ』がなければ」

「マツリカ」は、父の代表作といわれる香水だ。父がライセンスを売った日本のメーカーが今でも製造し、売れ続けている。その名の通り、茉莉花《ジャスミン》を基調とした香りだが、この店には置いていなかった。あの大ヒット作なしで一から始めるのだと、父は言っていた。

「亡くなった僕の母は、『マツリカ』の香りが大好きでした。だから、あの香りを嗅ぐといつも母を思い出すんです。元気で、笑っていた頃の母を。自分もそんな風に、大切な人の記憶を呼び起こせるような香水を作ってみたい。そう思って、調香師の道に進みました。だから僕は、真中一世という調香師に会ってみたいと、ずっと思っていました」

「じゃあ、志野さんがここにやって来たのは……」

「元々は、真中先生に会って、雇ってもらおうと自分を売り込むつもりでした。でも店は休業中で、彼は失踪していた。事情を葉山さんから伺った時、店が手つかずのまま残っていると知って、自分が店を開くことを思いついたんです。僕の目的は、この店にあるはずの情報を探ることですので」

「えーと……？　ちょっと待ってください」

私は手を上げて、待ったをかけた。母親との思い出から、調香師を目指したという感動的なエピソードを聞いていたはずなのに、突然不穏な言葉が登場した気がする。

「情報を探る、というのは？」

「茉莉さんは、『マツリカ』にはプロトタイプがあると聞いたことがありませんか」

志野さんはにこにこと、また質問に質問で返してきた。

「噂では、それは現在出回っているものよりも深みがあって、斬新なのにどこか懐かしい香りがするそうです。でもなぜか、商品にならなかった。そしてその調香のレシピを知るのは、真中一世ただ一人。この店の中にレシピを書いた何かがあるかもしれないと、僕は踏んでいます」

「仮にそのレシピを発見したとして、志野さんはどうされるおつもりですか」

「もちろん、実際に調香します。それで、出来が良ければ売ります」

点と点が繋がって、私はあっと声を上げた。

「もしかして、さっきの〝当て〟って……！」

志野さんはやっぱりちょっと悪い顔になって、口角を上げた。

「もし伝説の『マツリカ』を上回る香水が生まれれば、ヒット間違いなしですよ」

「で、でも、それって盗作では……」

「今売られているものとは別物ですし、真中先生は失踪中で、訴えられる心配もない。法的には何の問題もありません」

まさかの展開に、私は驚愕した。香水のレシピは、父の財産だ。それをこの人は、堂々と盗むという。プロトタイプといえば、一つ思い出したことがあった。

「父が失踪する少し前、そのプロトタイプの製品化をもちかけた人がいたんです」

志野さんは興味深げに、片眉を動かした。

「父は断ったんですが、その人があまりにしつこくて、怒って追い返してしまったと言っていました」

だから諦めるべきだと、私は警告したつもりだった。しかし志野さんは、不敵な笑みで言った。

「なるほど、つまり今がチャンスですね。僕も、怒られるのは嫌なので」

「そういう意味じゃなくて！」

私は必死に叫んだ。それから恐ろしいことに気づいて、血の気が引いた。

「もしかして、もう『あの部屋』の中も調べて……」

「あの部屋？　ああ、葉山さんがおっしゃっていた地下の『開かずの間』のことですか。鍵を失くしてしまって、長らく使われていないと伺いましたが」

どうやら葉山さんは、志野さんにそんな説明をしていたらしい。実際は大嘘で、あの部屋は父の部屋だった。元は書斎だったが、同じく地下にある工房での作業に夢中で二階の寝室に戻ることすら面倒くさがった父が、布団や服なんかも持ち込んでいた。葉山さんには、父が戻ってきた時のためにそのままにしておきたいとわがままを聞いてもらったのだ。

「え、ええ、そうなんです。元々ほぼ使っていなかったので、鍵を取り換える費用ももったいなくてそのままに」

しかし、彼女の嘘のおかげで私は難を逃れた。父の部屋だと知ったら、香水のレシピを探している志野さんは確実に覗こうとしただろう。そうなれば、私の人生は終わるところだった。

「『開かずの間』に、何かあるのでしょうか」

「いいえ、志野さんが必要とする物は、何もありません。仕事関係のメモやノートは、隣の工房にしかないはずです」

私は必死で否定したが、それ以上追及してこない志野さんが、私の言葉をどう受け取ったのかはわからなかった。もし隙を見てドアを開けようとしていたら、死守しなければ――。そこまで考えて、あれ、と思った。志野さんは本当に、「マツリカ」でお金儲けをするつもりなのだろうか。だって、どう考えてもおかしい。

「あの、志野さん。どうして、私にレシピを盗もうとしているなんて言ったんですか。口に出さなければ、絶対に気づかれなかったのに」

「茉莉さんが何かご存じじゃないかと期待したからです」

打てば響くように、もっともらしい答えが返ってくる。けれど、それが本心だとは、どうしても思えなかった。先ほどの女性のためにあんなに親身になって香水選びを手伝っていた彼には、香水への敬意が見えた。そんな人がレシピを〝盗む〟姿は想像できない。まるで、想定通りの質問に、用意した答えを返しているだけのような……。

彼は、もしかすると――。私は一つの可能性に辿り着き、自分のとる行動を決めた。

「そういうことでしたら、私もしばらくここに住みます」

志野さんは驚いたように目を見開いた。当然の反応だ。我ながら突飛だと思うけれど、ここはどうにか押し切らなければならない。あの部屋の秘密を守るには、手段は選んでいられないのだ。

「場所は、庭に小さな小屋――私たちは離れと呼んでいましたけど――があるでしょう？」

「ええ、そちらは手を加えていませんが……」

「父がいたころは、よくあそこに泊まっていたんです。そこに住まわせてください。……あ、もし断ったら、志野さんがレシピを盗もうとしているって葉山さんにばらしちゃいますよ」

なんともお粗末な脅迫に、志野さんはしばらく言葉を失っていたが、やがて首を捻ってこう言った。

「盗まれるのが嫌なら、今すぐ葉山さんに話してしまえば良いのでは？」

その通りだった。

「で、でも、まだ盗まれたわけじゃないですから。そうならないように見張って……そう、監視役です。あと、昔父の手伝いでアルバイトをしていたので、レジと棚卸しくらいならできます」

「監視のついでに手伝いまでしてくださるとは。バイト代、出せないかもしれませんよ」

「バイト代は結構です。なんでしたら、光熱費とか水道代も折半して――」

「なんだか、ルームシェアみたいですね」

じゃあ、と次の条件を出そうとしたが、もう続かなかった。二の句を継げない私を見て、志野さんは穏やかな声で問いかけた。

「茉莉さんの名前の由来は、茉莉花でしょうか」

「はい。母がジャスミンの香りの香水をつけていたことがきっかけで、両親は親しくなったそうです。だから、ジャスミンは二人にとって特別な花だと聞いています」

素敵ですね、と志野さんは言った。

「僕の名前は、立葵《たつき》と言います。立川《たちかわ》の立に、葵の御紋の葵と書きます」

「もしかして、タチアオイが由来ですか」

志野さんはにっこりして頷いた。タチアオイは、まっすぐ伸びた茎に、美しい花をつける。花は白やピンク、紫など、様々な色があり、太陽に向かって咲くという。

「僕ら、植物同士だから、相性がいいかもしれません」

「えっ、じゃあ……」

「労働条件についてはまた考えるとして、アルバイトをお願いすることにします」

すべてを見透かすような、それでいて何もかも諦めたような、捉えどころのない目で志野さんは言った。

「僕はレシピを盗むため。茉莉さんは、それを阻止するため。そういう理由で、ここにいることにしましょう。お互いそれ以上は、詮索しないこと。もちろん、『開かずの間』を無理に開けることもしません」

志野さんは悪戯っぽく笑って、人差し指を立てた。

「二人だけの秘密で、約束です」

たぶん、休息が必要なんです。あなたにも、僕にも。彼は小さく、そう呟いた。

私はその時、この人に惹かれ始めていることに気づいた。彼の登場に大きな危機感を抱いているけれど、一方で、どうしようもなく興味を持っていた。

例えば、土砂降りの雨で途方に暮れる私と、軒下で一緒に待ってくれる人のような。でも今の私たちはどちらも、傘を持っていない。ただ雨が上がるようにと、祈るような気持ちで、空を見上げているのだ。

第2話

未来への残香《シアージュ》

平日の昼下がり、私は今日も大学をさぼり、銀座の街に来ていた。優雅なマダムたちがお喋りしながら歩く横を、早足で進む。

この街は私にとっては、きらきらしすぎている。一階にジュエリーショップの入った百貨店の角を折れると、若干地味な風景に変わった。三ブロックほど進むと、ヨーロッパの紳士服店のような落ち着いた佇まいの店が見えてくる。入り口の横には大きなショーウィンドウがあり、色鮮やかな香水瓶がディスプレイされていた。

そう、この店は香水店だ。私はガラス戸を開け、中に入る。オレンジ色がかった照明の店内は暖房が利いていて、私は巻いてきたマフラーを取った。

「茉莉ちゃん、いらっしゃい」

迎えてくれたのは、店主の紗倉《さくら》みのりさんだ。かつて父の下で調香を学び、独り立ちした弟子は男女一人ずつ。女性のほうが、彼女である。父がいなくなってからは、彼女に色々と相談に乗ってもらっていた。

「今日もお客さんがいっぱいですね」

「ええ、ありがたいことに、忙しくしているわ」

平日にもかかわらず、店内は香水を眺めたり、奥のスペースで調香を体験している女性たちでにぎわっていた。スタッフも、ここから見えるだけで三人もいる。

みのりさんは香水のアドバイザーとしてメディアに出ることもあり、美貌やお洒落なライフスタイルから、香水ではなくみのりさん目当てで店を訪れるファンもいるらしい。確かに、もう四十代後半に近づいているはずだが、肌はきめ細やかでスタイルも整っている。

　みのりさんが女性から支持されているのは、私も嬉しい。でも、私は彼女の作った香水の素晴らしさにも、気づいてほしいと思う。香水瓶の可愛らしさが注目されがちだけれど、香水だって、つけただけでお姫様のような気持ちになれる、華やかで上品な香りなのだ。

「新作の香水の予定は、ないんですか？」

　みのりさんは頬に手を当て、困り顔をした。

「そうね、構想はあるんだけど……。取材が多くてあまり集中できないのよね。でも、どうせ作るなら、恥ずかしくないものを出したいじゃない？」

「私、待ってますから。楽しみにしてますね」

「ちょっと、プレッシャーかけないでちょうだい」

　くすくすひとしきり笑い合ってから、みのりさんが声を潜めて言った。

「それで、『彼』の様子はどうなの」

「父の香水のレシピを盗むと言っていましたけれど、それだけじゃないかもしれません。本当は、父の消息を確かめに来たのかも……」

　どうしよう、と動揺する私の手を、みのりさんの手が包んだ。

「大丈夫よ、茉莉ちゃん。赤の他人が、そこまでするわけないわ。店にいる口実はできたわけだし、あなたは普段通り過ごしていればいい。それより、若い男性と二人きりのほうが心配ね」

みのりさんの思わぬ指摘に、私はぽかんと口を開けた。

「あの人から、そういった危険は感じませんけど。穏やかだし、ご飯もおいしかったです
し」

私はみのりさんを安心させたくて言ったのに、彼女は盛大なため息をついた。

「あのね、悪いことは言わないから、一定の距離を保つように気をつけなさい。男なんて、いつ豹変するかわからないわよ」

彼のそんな姿はまったくピンとこないが、私はみのりさんの剣幕に圧され頷いた。

オープン初日は、朝から晴天だった。相変わらず寒かったけれど、冬らしい突き抜けるような青空が、カーテンの隙間から覗いていた。私は〝離れ〟の中で服を着替え、冷たい空気に身を縮めながら飛び石を辿り、志野さんのいる店の建物に渡った。

「おはようございます、葵《あおい》さん」

立葵という名を聞いてから、私は彼をそう呼んでいた。学生時代、「たつき」が二人いて区別するためにつけられたあだ名だが、葵さんも気に入っているのだという。彼は普通に立葵でも良いと言ったが、それは気恥ずかしかった。何せ、彼氏の穂積くんだって苗字でしか呼んだことがないのだ。

「おはようございます、茉莉さん。大変なことに気づきました」

「大変なこと？」

その割には、葵さんは落ち着いた手つきで見事な朝食をテーブルに並べていく。残った仕事は味噌汁をよそうくらいで、女子としていかがなものかと思うが、得意な人がやったほうがきっとお互い幸せだ。

「店名をどうするか、全然考えていませんでした」

「……それはまた、今さらですね」

今日がオープンだというのに。今は朝七時だから、あと三時間しかない。

「茉莉さんが差し支えなければそのままで良いと思っているのですが、どうでしょう。せっかくの素敵な名前ですし」

「私は全然構いませんよ。ところで、葵さんはフランス語がわかるんですか」

店の名は、「Thé et Madeleine《テ エ マドレーヌ》」という。意味は、「紅茶とマドレーヌ」だ。まるでケーキ屋のような名前だが、父はこのネーミングに大層自信を持っていた。

「フランス語はまあ、そこそこです。由来は、プルーストですよね。『失われた時を求めて』」

なんだか名前の由来についてばかり話しているな、と思いながら、その通りだと頷いた。

物語の中の、一場面。主人公は紅茶にマドレーヌを浸して食べる。その香りがきっかけで、幼少の頃の記憶が蘇るのだ。そんな風に嗅覚や味覚で記憶が呼び起こされることを、プルースト効果と呼ぶらしい。

「すぐ気づくということは、葵さんはあの長大な物語を読まれたんですか」

「読もうとしましたが、挫折しました」

「やっぱり。私もです」

私たちは声を立てて笑い合い、ふっくらとしただし巻き卵や、瑞々しいほうれん草のおひたしをつついた。

「でも、嗅覚って面白いですよね。他の五感とは、脳の処理の仕方が違うんですよ」

「へえ、どう違うんです？」

葵さんが興味深そうに聞いてくれたので、ちょっと得意になって説明した。私は大学で、嗅覚に関する研究をしていたのだ。

「嗅覚以外の、例えば視覚や聴覚は、まずどんなものが見えているか、聞こえているか、情報を脳が認識し、その後で快・不快などの感覚が生じるんです。でも、嗅覚は脳がどんな匂いか判断する前に、情報を脳の扁桃体や海馬に送ってしまう。扁桃体は情動、海馬は記憶に関係する部位なんです。ですから、たとえば葵さんが『マツリカ』の香りを嗅いで『マツリカ』だな、と認識する前に、お母様の記憶が蘇ったり、懐かしいという感情を思い起こしたりするってことです」

「なるほど、確かに面白いですね。香りの正体がわからなくても、記憶が感情を揺さぶることがあるわけですね」

「ええ、そうなんです。そうして生まれた情動には、嘘がない。無意識に生じるので、ごまかしようがないからです」

「どんな嘘つきも蘇る情動を抑えることはできない、と。そう考えると、少し怖いですね」

「怖いと思うのは、人に知られたくないことがあるからだったりして」

意地悪く問いかけると、葵さんは参りましたねと眉を下げた。

「そういえば、今日は葉山さんのところに行かれるとおっしゃっていませんでしたか」

「あっ、そうでした。早く準備しなきゃ！」

ついつい、居心地が良くてのんびりしてしまった。出会って間もない人と緊張せず食事を供にしながら会話ができるなんて、私にとっては初めてのことだ。私は立ち上がり、食器を流しへと運んだ。せめて洗い物くらいは担当する、と申し出たのだ。でも、結局手持ち無沙汰な葵さんも手伝ってくれることが多い。二人で会話をしながらであれば、食器を洗うのもなかなか楽しい。しばらく忘れていた、和やかな空気が流れていた。みのりさんもこのくらいの距離なら許してほしいなあ、と浮かれた頭で思った。

葉山さんのお家は上品な洋館なので、それなりの恰好をしなければならない。いや、私が勝手にそう決めている。数少ないよそ行き用のワンピースをクローゼットから引っ張り出し、いつもより念入りに化粧をした。最後に、香水を手に取る。先ほども話に出た、「マツリカ」だ。膝裏に向けて、スプレーでひと吹きずつ。香水は太い血管が通る部位につけると体温で揮発し、よく香るのだが、膝裏はやや体温が低く、首筋や手首よりほのかに香る。足元からふわりと控えめに香りが立ち上る、私のお気に入りのつけ方だ。

私と同じ名前のジャスミンの香りはもう私の一部と言っていいくらい馴染んでいるが、五十ミリリットルの瓶は、残り少ない。これがなくなってしまった時、私は次の香水を選べるだろうか。つい考え込みそうになったが、時計を見れば時間ぎりぎりになっていた。

離れを出て、店の表のドアを開ける。葵さんは既に、仕事用の腰丈エプロンをつけていた。森林のような深い緑色で、おしゃれなカフェの店員さんのようだ。

「行ってきます！　帰ってきたら、お手伝いしますね」

「ゆっくりしてきて大丈夫ですよ。どうせそんなに人は来ないと思いますから」

「ダメですよ、オープン前からそんな弱気じゃ」

葵さんはまあまあ、と宥《なだ》めるような口調で言った。それから、さもそちらのほうが重要だというように、こう聞いてきた。

「茉莉さん、お昼はどうされますか。今日はオムライスにしようと思っているのですが」

「食べます！」

私の勢いがおかしかったのか、葵さんはくすくす笑った。オムライス好きなんですね、と言って。好きだけど、それだけじゃない。誰かと食卓を囲むことの幸せを、私はずっと忘れていた。温かな食事と、何気ない会話。陽だまりでまどろむような、ほっと息をつけるひと時だった。どうやら私は思っている以上に、葵さんに心を開き始めているらしい。人見知りの私にはにわかに信じ難いことで、でも、悪い気分ではなかった。

父の店改め葵さんの店、Thé et Madeleine は、商店街の最果てに位置している。メインストリートから外れた裏通り沿いの、さらに端っこだ。

実はこの裏通りには、別の通り名がある。その名も、「雨宿り商店街」。理由は簡単で、雨宿りくらいにしか用のない店が並んでいるから。誰が名付け親か知らないが、相当な毒舌家と見受けられる。この商店街で育った身としては、少々複雑だ。

しかしまあ、言われても仕方のない、クセの強いラインナップではある。雨天の時しか開店しないカフェ、〝欠けていること〟が商品になる条件の、リサイクルショップ、「商店街の母」という謎の看板を掲げた占いの館などなど。子供の頃から今まで、店は何度か入れ替わっているが、なぜかいつも、「雨宿り商店街」に相応しい店ばかりなのだ。それらと比べれば、オーダーメイドが売りの香水店はまだ普通の部類に入るだろう。

父がなぜ、生まれ育った街とも違うこの場所に店を構えようと思ったのか、私は知らない。父も、何かに疲れ、休みたかったのだろうか。そしてここでも安息が得られずに、逃げ出したくなったのだろうか。店の場所と同じで、私の想像もいつもここで行き止まりだ。

駅から商店街に向かう道は登り道だが、葉山さん宅はさらに小高い丘の上にある。関東大震災後に発展した、山の手の由緒ある高級住宅地だ。店を出てすぐはマフラーを首元に引き寄せながら歩いていたが、目的地が見えたころにはむしろじんわり汗ばむようになっていた。

大正時代に建てられたという葉山邸は、名前は忘れてしまったが有名な日本人建築家が設計した古き良き洋館だ。優雅な曲線を描く鉄扉の門と重厚な煉瓦の塀に、広々とした庭園と屋敷が守られている。庭にはなんと温室があり、大家の葉山さんが丹精込めて育てたバラたちがぬくぬくと過ごしている。

初めはおっかなびっくり訪ねていたが、葉山さんもお手伝いのおばさんも雰囲気の柔らかい人たちで、今では葉山さんとのお茶の時間は私の楽しみだったりする。

お手伝いさんに出迎えられて、いつもの部屋に案内される。一階のサンルーム。中庭に面した側の壁はガラス張りで、光に満ちた室内は暖房がなくとも温かい。

「ごきげんよう、茉莉ちゃん。今日も良い天気ね」

光の中で優雅に背筋を正し、葉山さんがいつもの席に座っていた。ごきげんよう、は私には使いこなせないので、おはようございますと返す。テーブルについた途端、葉山さんは待ちきれない様子でこちらに身を乗り出した。

「それで、お店はどうだった？」

「ええ、商品以外はほぼそのまま使っていただけるみたいです」

「それは良かったわね。じゃあ、彼のことはいかが？」

どうやら聞きたかったのは、そちらだったらしい。

「なんだか不思議な方ですね。でも、調香師としては一流だと思いました」

私は数日前の、父の香水を探していたお客さんのことを話した。葉山さんはほうと息をつき、少女のように頬を染めた。

「やっぱり、見立て通りだったわ。彼、私の初恋の人にちょっと似てるのよ」

「初恋の方というと、ご近所の士官学校の学生さんでしたっけ？」

「あら、そんなこと言ったかしら。彼に似ているのはね、日本橋のテーラーさんよ。父がスーツを仕立てる時に、よくついて行ったわ。寡黙な人だったけれど、イギリスで修行をしたから技術は一流だったし、私が暇そうにしていると飴をくれたりしてね、優しかったのよ」

　葉山さんは当時を懐かしむように語った。そういえば、葵さんも私に飴をくれたな、と思い出す。あれは血糖値回復用の応急処置のようなものだったけれど。

「どうかしら、一緒に暮らしていてもう進展はあった？」

「えっ、ど、どうしてそれを……」

　動揺のあまりつっかえる私を、葉山さんはにこにこして見ている。

「立葵くんから連絡があったの。ひょんなことからこんな形になったけれど、無理やり連れ込んだわけではないですよって」

「葵さんてば、連れ込むなんて……」

「そうよね、茉莉ちゃんが押しかけたのよね」

「それも違います！」

　私はむきになって否定したが、葉山さんは紅茶を啜りながら若いっていいわねえなんて呟いていて、まったく聞いてくれない。やむにやまれぬ事情ゆえの行動だったが、それを打ち明けるわけにもいかず、諦めてティーカップに手を伸ばした。お手伝いさんの淹れてくれるロイヤルミルクティーはいつも絶品だ。沈んでいた気持ちは軽く、ぎこちなく固まっていた舌は滑らかになる。

「確かに、離れに住むと言ったのは図々しかったと思います。父の手伝いをしたことがあるとはいえ、アルバイトとして雇ってもらったのも無理やりですし」

実際口に出してみると、とんでもなく迷惑なお願いだった。どうにかそれらしい理由を、慌てて探す。

「私、あの人のことが気になるんです。どうしてかわからないですけど、話していると嫌なことを忘れられます。変な人かもしれないけど、たぶん、優しい人です」

私は葉山さんの勘違いに沿うように、彼に恋をしているかのように振る舞った。しかし、抵抗なくするりと出た言葉は、想像より違和感がなかった。その事実に混乱して、私は襟元をぎゅっと握り締める。葉山さんはテーブルに置かれたほうの私の手に、そっと自分の手を重ねた。乾いた手は、温かかった。

「じゃあ、その縁を大事にしなきゃね。立葵くんは、あなたを心配していたわ。まずは心配がいらないくらい、元気におなりなさい」

その途端、いろんな思いが込み上げてきて、私はうっかり泣きそうになった。たった数日前に出会ったばかりの私を、心配してくれる人がいる。葉山さんだって、私を励まそうとしてくれる。父は帰ってこないけれど、私は幸せ者だ。

「ありがとうございます。あ、これ、〝いつもの〟です」

私は瞼に滲んだ涙を悟られないように、自作のハーブティーを葉山さんに渡した。結局、庭のハーブはそのまま育て続けることにした。人からどう言われても、やっぱり私はハーブを育てることが好きで、愛情を持っていて、だからそれを捨ててしまうことは考えられなかった。心が疲れていると、そんな簡単なこともわからなくなるのだ。

「ありがとう、大切にいただくわ」

葉山さんは私の愛情ごと受け止めるように、丁寧にハーブティーの袋を抱えてくれた。私は窓辺に寄って、美しく調和した庭を眺める。花の少ない冬の庭は普通、寂しく感じられるものだが、この庭に限っては春へ向けての助走期間に見える。隅に咲いた椿が、先触れのように艶やかな赤で庭を彩っていた。

「茉莉ちゃん、私ね――」

葉山さんの声に、私は振り返った。思い詰めた声音に聞こえて言葉の続きを待ったけれど、彼女は小さく笑って、なんでもないと言った。

「お店のお手伝い、がんばってね。立葵くんにもよろしく」

「はい、伝えておきます。葉山さんも、遊びに来てくださいね」

葉山さんは笑顔で、必ず行くわと言った。なんだか少し、疲れているように見えたけれど、その時の私はお店のことで頭がいっぱいで、あまり気に留めなかった。

早足で戻ると、店の前に看板が立てられていた。薔薇をモチーフにした金属製のイーゼルに、額縁のついたボード。おしゃれなレストランみたいだ。

「『思い出を蘇《よみがえ》らせる香水』、お作りします……」

私はボードに貼られた紙の一行目を呟いた。たぶん今朝の、香りが情動を呼び起こす話が関係しているのだろう。確かに、オーダーメイドの香水にピッタリの誘い文句だ。オーダーする香りを迷っている人も、あの時に嗅いだ香り、という具体的なイメージがあれば言葉にしやすい。自分の話が役に立ったことも嬉しくて、私は顔を綻ばせながら店のドアを開けた。

パーテーションの向こうから、葵さんの声が聞こえていた。そこはオーダーメイドの香水を注文するお客様をお通しする場所で、どうやら来店者がいるようだ。

お客様は、スーツ姿の男性だった。恋人へのプレゼントだろうか。接客の合間に、葵さんは私に顔を向けて、おかえりなさいと言った。なんだか、むず痒くなる。

テーブルには、サンプルなのかいくつかの褐色瓶が並んでいた。男性は真剣な顔で、それらを眺めている。

「この中だと、一番近いのはこれです。でも、もう少しきりっとした感じというか……」

男性は次々と要望を挙げていく。葵さんは涼しい顔で、ふむふむと頷きながらメモを取っていた。そんな希望を全部満たす香りなんて、存在するのだろうか。

「あ、すみません。今日は午後から研修がありまして、そろそろ失礼します」

具体的な香りの話に入る前に、男性はバタバタと出て行った。入り口近くにいた私にも軽く一礼していくあたり、ちょっと堅そうだが礼儀正しい人なのだろう。

「あの方が、お客様第一号ですか」

オーダーメイドのほうは、と葵さんが答えた。

オープン前に彼が準備していた香水は、既にいくつか売れたのだという。掌に収まるサイズの透明な小瓶が、木製の棚に並んでいた。スタイリッシュな、四角い縦長のフォルム。小瓶に筆記体で書かれたperfume《パフューム》の文字は直接彫り込まれていて、日に透かすと磨りガラスの文字がきらきらと瞬いた。

「この香水瓶、素敵ですね。いつの間に作られたんですか？」

「茉莉さんがいらっしゃる前ですね。友人から、レーザー加工機を譲ってもらいました」

パソコンで入力した文字や図を彫ってくれるらしい。技術はいらないと葵さんは説明したが、機械やパソコンの知識は必要だろう。理系の割に機械音痴の私は、それだけでも十分すごいと思った。

「でも、商店街のポスター以外宣伝していない割に、お客さんが来ていますね」

「ああ、それはおそらく、ＳＮＳですね」

葵さんはタブレット端末を操作し、私に見せた。店のアカウントを作り、オーダーメイド香水や手作りの香水を宣伝しているようだ。

「この間いらした女性がネットの口コミの話をされていて、思いつきました。ＳＮＳなら学生さんにも見てもらえそうですし」

「実は色々と、戦略を練っていたんですね」

「初めは一人でひっそり営業しようと思っていましたが、二人だったら店もにぎやかなほうが楽しいですから」

それはつまり、私がいるからがんばってくれているということなのだろうか。数度体温が上がった気がして、私は襟元を摘まんでぱたぱた風を送り込んだ。

「と、ところで、さっきのお客様はどんな香水をオーダーされたんですか？」

「過去に嗅いだことのある香りを再現したい、とのご依頼でした」

「『思い出を蘇らせる香水』を求めて来られたんですね」

看板の文面を思い浮かべる。先ほどのお客様も、同じ内容をＳＮＳで見つけ、来店されたそうだ。

「見たその日に駆けつけるということは、お急ぎなんですか」

「いえ、期限については何も。ただ、初めからオーダーする香りは決めておられたようですね」

並んだ褐色瓶のラベルを、一つずつ見ていく。知らない名前の香料もあるが、男性が近いと言った香りはシトラス系――レモンのようなすっぱい香りの香料――だったようだ。

「どんな思い出でしょうね。甘酸っぱい、初恋の香りでしょうか」

「次に来店された時、教えていただけるかもしれませんね」

葵さんはにこやかに相槌を打ってから、ところで、と私に尋ねた。

「地下に置いてある香料ですが、少し使わせていただくことはできますか。使った分は記録して、後でお返ししますので」

地下には工房がある。香料がずらりと並んでいて、温度が一定に保たれるように空調設備も入っている。静かで、集中するにも良いと父は言っていた。

「使ってくださって大丈夫です。時間がたつと劣化してしまうでしょうし、だめにしてしまうよりは香水のために使ったほうが良いですから」

店に残されていた商品と同じで、判断する権限は私にあるはずだ。香料の詳しいことはわからないけれど、ともかく放置していった父が悪い。

「香料の数もそうですが、とてもしっかりした設備なので驚きました。企業の研究室でも、ここまで揃っているところは少ないですよ」

「分析機器や蒸留装置は、仕事関係の知り合いから安く買ったそうです。ちょうど新しい物を導入するから、タダ同然で」

父としてはむしろ古い世代の方が使いやすく、修理しながら使っていたようだ。

「機械も、時々は動かしたほうが良いっていいますよね。必要なら、遠慮なく使ってください」

その途端、葵さんの表情がぱっと明るくなった。父と同じで、この人も本当に香水や香水にまつわることが大好きなのだろう。

「あれだけの装置があれば、植物からのエッセンシャルオイルの抽出も、化学合成も、すぐできますよ。さすが、天才調香師の作業場です」

父を天才だなんて思ったことはなかったけれど、葵さんが褒めるのなら、調香師としては天才的だったのだろう。でも、調香師が実際のところどんなふうに香水を作っていくのか、私は知らなかった。父も、危険なものもあるからと、あまり工房には入れてくれなかったのだ。大人になってから、私が見せてほしいと言えば入れてくれたのだろうけれど、もう今さらという感じがしていた。

「あの、邪魔にならないところにいますから、今度作業しているところを見てもいいですか」

もちろん、と葵さんは笑顔で頷いた。私がお礼を言う前にお腹の虫がぐうと返事をして、慌てて胃のあたりを押さえる。

「昼休みにしましょう。オムライス、山盛りで作りますね」

「山盛り？　あの、私別に、大食いなわけでは……」

絶対、初対面の印象のせいだ。誤解を解きたかったが、葵さんはもう二階のキッチンに行ってしまった。

意外と、というのは失礼かもしれないが、オープンして一週間、店はなかなか繁盛していた。客層としては女性が圧倒的に多く、学生が友達同士でわいわいやって来たり、奥様方のグループが来たり、という感じだ。少し遠方から、道に迷いながら来店した人もいて、そういうお客様はネットで見たと話していた。

香水はそんなに人気があったのかと驚いたが、女性たちの様子を見るに、目的はそれだけでなく、どうやら葵さんのほうらしかった。彼女たちの視線の向きを見れば、一目瞭然だ。

確かに、彼の顔立ちは整っている。人の目を見て話すのが苦手な私はあまり顔をまじまじと見ていなかったけれど、こうして接客している横顔を盗み見ていれば、目の保養とはこういうものかと実感した。普段は人懐こい印象なのに、ちょっとした時に目を細める癖があるのか、その表情は色気があってどきりとする。これは発見だ。父の言葉を借りれば、エウレカ！　である。

そんな中、葵さんには一瞥《いちべつ》もくれずひたすら香水を試している女性がいた。私と同年代で、仕立ての良さそうなコートに身を包んでいた。

彼女はテスターの香水を染み込ませたムエットを鼻に近づけては考え、首を捻り、次の香水へ移る動きをひたすら繰り返していた。何か、目指す香りがあるのかもしれない。

「いらっしゃいませ。どんなものをお探しですか」

葵さんは他のお客様についていたので、彼の真似をして声をかけてみた。形の良い眉を下げ、迷子のような顔で彼女は言った。

「それが、どんな素材を使っている香りなのかわからなくて。今のところ、どれも違うみたいなんですけど」

ちらちらと見ていた限りでは、彼女は店にある香水のほとんどを既に試している。そもそもその素材を使った商品があるかもわからないので、こんな香り、と教えてもらったほうが早い気がした。

しかしいざ言葉にしようとすると難しいのか、彼女はうーんと唸ったまま沈黙してしまった。途中からやりとりを聞いていたらしい葵さんが、助け舟を出す。

「思いついた言葉を並べていけば、なんとなくイメージが出来上がりますよ。例えば、そうですね……その香りは、爽やかでしょうか」

「いいえ、少し野暮ったい感じです」

その調子です、と葵さんがにっこりした。

「モダンと古風なら、どちらでしょう」

「絶対古風です！　嗅いだ時、同い年なのにおじさんみたいだと思ったので」

「では、犬と猫。あるいは、他の動物では？」

「犬……かな。真面目というか、まっすぐな感じです」

彼女は表情をころころ変えながら、楽しそうに答えた。

「なんだか、連想ゲームみたいですね」

「調香師も、香水を作る時はイメージから使う香料を選んでいきます。言葉から香料に繋げていく過程は、わくわくするので僕は好きですね」

葵さんは丁寧に、女性の言葉を書き留めていく。どうやら彼女が求めているのは、ある男性がつけていた香水の香りらしい。

「その人に直接、使っている香水を聞くことはできないんですか」

この店の売り上げにはならないが、それが一番確実だ。しかし女性は、首を振った。

「無理なんです。もうずっと前の、学生の時の話なので……。しかも彼と話したのはその一回きりで、今どこで何をしてるかも知りません」

たった一度、話しただけの人がまとっていた香り。今になってなぜ、彼女はそれを求めるのだろう。葵さんが静かなトーンで、お客様、と呼びかけた。

「もしよろしければ、その香り、オーダーメイドでお作りになりませんか。イメージした香りに辿り着けなければ、お代はいただきませんので」

「えっでも、さすがにそれは……」

戸惑う彼女に、葵さんは失礼にならない程度の挑戦的な笑みを浮かべた。

「まあそれなりに自信があるので、そう申し上げているのですが」

少し寂しげだった彼女が、ふっと息をもらして表情を緩めた。

「でしたら、お願いします。今の私に、必要な香りなんです」

切実そうな顔で、彼女は訴えた。顧客カードに書かれた名前は、雨宮《あまみや》詩鶴《しづる》。しとしと降る雨のような響きの、美しい名前だった。

一方で、葵さんは第一号のお客様である若い男性——久保倉《くぼくら》氏の香水にも取りかかった。普段店は十八時に閉店するが、残業の多い仕事らしい彼のために、二十時ごろ特別に店を開けることもあった。彼の場合は、初めからぽんぽんと言葉が出てきた。

「早朝の森の空気のような、清々しい、少し草や土のにおいが混じった……」

久保倉氏の言葉に頷きながら、葵さんがさらさらとペンを走らせる。

「朝。朝といえば——明るい、爽やか、涼やか。朝から具体的に浮かぶ風景なら、朝露に濡れたバラ、高原のそよ風」

葵さんが生み出す言葉の連なりは、一編の詩のようだった。声もまた、想像力をかきたてる響きを持っている。男性にしてはやや高めの声なのだが、倍音、というのだろうか、一緒に聞こえる低音が耳に心地よいのだ。香水と同じように、彼の声はいくつもの層に分かれているのだと思った。

「あまり複雑な香りではなくて、ちょっと酸味がある、すっきりとした感じです」

葵さんは一旦メモを取る手を止めると、穏やかに問いかけた。

「差し支えなければ、教えてください。その香りは、女性から香ったものでしょうか」

久保倉さんは虚《きょ》を衝かれたように固まり、ボソボソと恥ずかしそうに答えた。

「その通りです。すみません、女性の匂いを再現してほしいなんて、気持ち悪いと思われるのではと……」

落ち着きなく眼鏡をいじり始めた彼に、葵さんは笑みを見せた。

「香りは閉じられた記憶の箱を開く、鍵のようなものです。その鍵が今回は、女性の漂わせていた香りだったのでしょう。ところで、その女性は香水をつけるような方でしたか」

「いや、どちらかというと、あまり興味がなさそうでした。その人と出会ったのは僕が高三のときです。高校生でも化粧をする子はいましたが、彼女はしていなくて、髪もシンプルなショートカットでした」

久保倉さんが説明をしながら自分の頭に触れると、昔懐かしい整髪料の香りがした。ポマード、と呼ばれるものだ。きっちりと固められた髪も、彼の表情と同じで、乱れることはなかった。

「では、こちらはいかがでしょう。先日近いとおっしゃったシトラス系の一種で、よりすっきりした香りです」

葵さんがムエットを差し出し、久保倉さんが受け取って、香りを確認する。これまでも淡々と繰り返されてきた作業だったが、その時ピクリと彼の眉が動いた。

「……これは、何の香りですか」

「レモングラスです。レモンとは違うイネ科の植物ですが、同じ香料を含むので、レモンらしい香りだと思います。草のような香りが含まれるので、森のイメージにも合うかと」

甘さのない、爽やかな香り。朝の澄み切った空気の匂いがした。

「そちらにされますか」

「ええ、この匂いが含まれていたのは確かです」

久保倉さんは肯いたが、まだ何かが足りないという顔をしていた。その正体を探るように、ムエットの香りに集中している。葵さんはその様子を見て、おもむろに口を開いた。

「もう一つ、教えてください。その方は、外で活動する運動部に所属していましたか」

「どうしてそんなことまで……」

眼鏡の奥の目を見開いて、久保倉さんは言った。どうやら、当たりらしい。

「香水をつけるような方ではなかったのなら、その香りの正体は何か。学生なら、汗の匂いが気になる時によく使うものがありますよね」

「あっ、制汗剤ですか」

思わず口を挟んでしまい、私はすみませんと首をすくめた。葵さんは正解です、とにっこりする。

高校生の頃、運動部だったクラスメイトがよく制汗剤の匂いをさせていたのを思い出す。父のDNAを継いだおかげか私の嗅覚はなかなか優れているらしく、友人の匂いはそれぞれ記憶していたし、制汗剤の種類もなんとなくわかった。気持ち悪いと思われそうで、人に話したことはないけれど。

「制汗剤には、シトラス系の香料がよく用いられます。久保倉さんが記憶されているのはおそらくその匂いと、舞い上がる砂埃の〝土臭さ〟ではないでしょうか」

なるほど、だから葵さんは外で活動する、と限定したのだ。久保倉さんが感嘆のため息をついた。

「きっとそうです。彼女は陸上部で、何度か走っているところを見かけました。……ああ、あの不思議な匂いは、そういうことだったんですね」

当時のことが蘇ってきたのか、久保倉さんは懐かしむように言った。

「僕は運動の苦手な、地味で冴えない生徒でした。彼女は正反対の活発そうな子で、学年も違った。普通なら会話をしないまま卒業していたと思います。だからあの日のことは、奇跡のような巡り合わせでした。教室の窓からどんな子だろうと目で追っていた彼女が、教室に一人でいた。つい、声をかけてしまいました」

久保倉さんはふっと自嘲した。

「おかしいですよね。その時の彼女の一言で、僕は今の仕事を天職だと信じてしまった。そんな風に単純だから、今こうして行き詰まっているんです」

「その行き詰まっていることを解決するために、当時の香りが必要ということですね」

葵さんが納得したように頷く。

「そうです。僕は香りによって、あの時の心の動きをもう一度呼び覚ましたい。あの頃の僕に聞けば、答えが出るはずなんです。……今の仕事を、辞めるべきかどうか」

「久保倉さんって、どんなお仕事をされているんでしょうね」

葵さんと二人で店を閉めている時、私は話を振った。あのかっちりした装いから察するに、お堅い職業だろうか。彼が何に行き詰まっているのかも、私には想像がつかなかった。

「僕は一つ、目星をつけているのがありますよ」

「えっ、なんですか」

その言い方だと、葵さんも直接聞いたわけではないようだ。しかし、久保倉さんの発言に、ヒントになりそうな言葉はあっただろうか。首を捻っている私に、葵さんが言った。

「茉莉さんは、久保倉さんのシャツの袖口、ご覧になりましたか」

「袖口？　ああ……言われてみれば、花粉の色みたいな黄色い汚れがあったような」

「初めにいらした時は、薄いピンク色だった気がします」

「違う色のこともあったんですね。私は、床屋さんみたいな整髪料の匂いだな、と思っていたくらいで……あ、美容師さんかな」

「床屋さん……なるほど」

葵さんは何かに気づいたように、呟いた。


それから三日後、詩鶴さんのほうも実際に香りを嗅ぎながら選ぶ段になったのだが、難航していた。記憶の中の「彼」の香りが、依然見つからないのだ。

爽やかさより落ち着いた香りをということで、ウッディな香り、青草のようなグリーン系、ラベンダーやローズマリーのように甘くないハーブの香り、と少しずつ試していったのだが、何か違う気がする、と彼女は首を振った。

「でも、ここの椅子に座った時、イメージに近い香りがしたんです。きっと、この店のどこかにあるんですよね」

詩鶴さんは妥協しなかった。なんとしても同じ香りを見つけ出そうという姿勢は、なんだか眩しかった。私が適当に折り合いをつけて捨ててきたものを、彼女はまだ、大切に握り締めている気がした。

「雨宮さん、騙《だま》されたと思って、これ嗅いでみませんか」

葵さんが妙なことを言って、ムエットを差し出した。詩鶴さんは言われるままにムエットを鼻に近づける。

「これ……ちょっと近いかもしれません」

「なるほど、じゃあこっちはどうですか。その香りに、もう一つ別の香りを足したものです」

真剣な面持ちで、詩鶴さんはムエットを手にした。ゆっくりと慎重に香りを確認する。次の瞬間、彼女は息を呑んだ。湧き上がった感情が、瞳に明かりを灯した。

「オークモスと、ベルガモット。この二つを混ぜたものです。今まで柑橘系は外していましたが、ベルガモットは柑橘類で、やや甘いフレッシュな香りが特徴です」

詩鶴さんの表情を見て、葵さんがよどみなく解説した。なるほど、彼女の要望で爽やかな系統の香りは除外していたから、見つからなかったのだ。

「柑橘系ってすっぱい香りだけかと思っていましたけど、こんな風に香るんですね」

「ベルガモットは、ややまろやかで上品な印象ですね。香りに含まれる成分には、ストレスを緩和したり、安眠を促す効果もあるみたいですよ」

「……これで、お願いします」

「かしこまりました」

頬を紅潮させて言った詩鶴さんに、葵さんは恭しく答えた。

ようやく人心地ついたのか、詩鶴さんはカップを手に取って、私の出したハーブティーにふうと息を吹きかけた。一口飲んで、温まりますね、と頬を緩める。季節は冬と春の間を行ったり来たりしていて、今日は冬の冷え込みだった。

「私、この四月から転職して、教師になるんです。この町の高校で理科を教えることになりました。元々この近くの高校に通っていたので、その縁もあって」

またハーブティーを一口飲んで、彼女は続ける。

「採用が決まった時は、本当に嬉しかった。でも、四月が近づくにつれて期待より不安のほうが大きくなってしまって。私は新任だけど歳がちょっと上だし、生徒がつき合いやすい子だけとは限らないし。だから、お守りが欲しかったんです。彼のような教え上手になれるように」

「一度だけ話した時に、勉強を教えてもらったということですか」

「はい。一つ上の、先輩でした。でも落ち着いていて、もっと大人に見えたかな。居残り勉強していたら突然声をかけられて舞い上がっちゃって、古文がいつも赤点なんです、なんて恥ずかしいことを口走ったりして」

　チラリと視線を上げ、詩鶴さんは私に尋ねた。

「真中さんは、『追風用意《おいかぜようい》』という言葉をご存じですか」

　私は少し考えて、知らないと首を振った。古い言葉なのだろうな、と想像した。

「ああ、『徒然草《つれづれぐさ》』の中に出てきましたね」

　カウンターで作業をしながら、葵さんが言う。詩鶴さんが、にこにこと説明してくれた。

「通った後に香りがするように、着物に香をたきしめておくことなんです。立ち去った後に香りだけが残るなんて、ロマンチックですよね。彼が試験範囲の『徒然草』の中身を、そんな風に面白い話を交えて教えてくれて……。大袈裟ですけど、ちょっと世界が変わって見えた気がしました」

　詩鶴さんはカップを置き、液面に目を落とした。

「私、陸上をずっと続けていたんですけど、結局トップ選手にはなれなかったんです。どこかでそれを引きずっているのか、就職して、毎日それなりに充実しているのに、なんだか張り合いがなくて。悩んでいる時、ふと、先輩とのことを思い出したんです。たった一度の、一時間にも満たないことだったのに」

　ポツリと、雫が落ちるように詩鶴さんは呟いた。

「あんな気持ちになったのは、初めてだったんです。憧れと、尊敬と……」

　まだその後に続く言葉があるような気がしたけれど、彼女はそこまでで唇を結んだ。

湿っぽくなった空気を払うように、追風用意といえば、と葵さんが口を挟んだ。

「フランス語でも、似たような表現がありますよ。『Sillage《シアージュ》』という言葉で、元は『船や飛行機の軌跡』という意味ですが、香水の世界では残り香とか、香りの変遷を意味するんです。香水をつけた人が通り過ぎた後に、香りという軌跡が残るからでしょうね」

徒然草の書かれた時代、フランスでも同じことを考えていた人がいたのだろうか。想像すると楽しい。詩鶴さんも、弾んだ声を上げた。

「では、最後にもうひとつ。こちらが、今のオークモスとベルガモット。もう一枚は、全く違う香りです」

葵さんは二枚のムエットを重ねた状態にして、詩鶴さんに見せた。

「用意した香りは、三種類です。それぞれ一緒に嗅いでみて、好きな組み合わせを教えていただけますか？」

どうやら、オークモス＋ベルガモットの香りを固定して、他の香りとの相性を比べてみるということらしい。

「ここで選んだ香りを足すということですか」

「いえ、これはまあ……占いのようなものです」

葵さんの謎めいた言い方に、詩鶴さんは首を捻ったが、言われた通りに三種類の中から一つを選んだ。

「ありがとうございます。これから調香して、香水を完成させます。――それで、お渡しの時間なんですが、少し遅くても大丈夫ですか」

三月八日の午後六時半はどうか、と葵さんは尋ねた。その日は、久保倉さんに香水を渡す日でもある。確か、七時の約束だ。閉店後のほうが、丁寧に対応できるからだろう。詩鶴さんが了承し、受け渡しの日時が決まった。

「あ、そういえば、さっきの占い、結果があるなら聞かせてください」

女の子は大抵そうだけれど、彼女も占いの類が好きなのだろう。目が輝いていた。

「とても良い結果ですよ。思いがけない出会いがあるかもしれません」

「ふふ、なんだか当たりそう。でも志野さんって、占い師っていうより、魔法使いみたい。私が探してた香りを、魔法みたいに見つけちゃったんですもん」

葵さんと出会った日に交わした会話を思い出し、私は笑みをこぼした。香水が魔法そのものなら、香りを操る調香師は、魔法使いなのだ。

詩鶴さんが帰った後、オークモスとベルガモットの香りが気になって、私は香りの染み込んだムエットを手に取った。ふわりと、甘さや爽やかさを感じる。

「あれ、これに似た匂い、どこかで……」

つい最近、嗅いだ気がしたけれど、思い出せなかった。ただ、なんだか床屋さんみたいな匂いだな、と感じた。

それから数日間、葵さんは店を開けていない時間や定休日の水曜日は地下室にこもっていた。インスピレーションが湧いたらすぐに試してみたくなるのだと言っていて、早朝や深夜に突然作業を始めることもあるようだった。私は離れで寝起きしているので実際に見たわけではない。食事も、いつも通り作ってくれる。でも、ふとした時に心ここにあらずの顔をしていて、ああ、今調香のことを考えているのだろうな、と想像していた。父は食事中だろうと閃いたら工房に駆け込んでいたから、それに比べればまだ普通だけれど、どうしたって父を思い出してしまった。

そして約束の日、三月八日の朝に、葵さんは達成感に満ちた顔で二本の小瓶を並べた。双子のように似ている瓶は、刻まれているナンバーだけが違う。

「お疲れ様です。納得のいくものができたみたいですね」

「ええ、僕としては。お二人が気に入ってくだされればいいのですが……」

いつも落ち着いている葵さんが、その日は珍しく時計を気にしたり、意味もなく商品の整理をしていたりして、なんだかおかしかった。

午後六時。私はいつも通り、ドアプレートをひっくり返して「CLOSED」にした。ただし今日は、鍵をかけず、電気も消さない。久保倉さんが来店する日は、こうしていた。

詩鶴さんがやって来たのは、約束の時間の五分前だった。今日は少しラフな恰好だ。ネイビーのダウンコートから、ジーンズに包まれた足がすらりと伸びている。

待ちきれない様子の詩鶴さんに、早速出来上がった香水を確認してもらった。ほんのり漂ったトップノートだけで、彼女はその香りに魅了されたようだった。

「すごいです。これ、本当に先輩の……」

詩鶴さんは声を詰まらせ、涙を浮かべていた。

「気に入っていただけましたか」

口元を手で覆ったまま、詩鶴さんは肯いた。

「すみません……自分でも驚いているんですけど、気が抜けてしまったみたいで。ふふ、本当に、〝思い出を蘇らせる香水〟ですね。あの日の教室にいるみたい」

詩鶴さんは蘇った思い出を噛みしめるように、しばらくどこか遠くを見つめていた。

「最初にお話を伺った時、雨宮さんはこの香りを『おじさんみたい』と形容されていましたよね」

詩鶴さんをこちらに引き戻すように、葵さんがそっと声をかける。

「それを聞いて、『彼』の香りの正体はポマードではないかと推測したんです」

「ポマードって、男性が使う整髪料ですよね」

「そうです。以前どこかで、オークモスとベルガモットを合わせるとポマードのような匂いがすると聞いたことがありました。高校生が使うには確かに渋いと思いますが、父親が使っているものを借りたのかもしれませんね」

「確かに、ワックスで髪を立たせるようなタイプには見えなかったです」

くすくすと笑いながら、詩鶴さんは言った。

「……ああ、いらしたみたいですね」

ドアに目をやり、葵さんが呟いた。時計を見れば、いつの間にか七時だ。ベルを鳴らして入ってきた人物に、葵さんが声をかける。

「いらっしゃいませ、久保倉様」

「えっ？」

詩鶴さんが驚いたような声を上げ、久保倉さんを見た。

その時、閉じかけたドアからふわりと風が舞い込んだ。風は私の前髪を揺らし、久保倉さんの髪からは、以前嗅いだのと同じポマードの香りがした。

その香りに背中を押されたように、詩鶴さんが小さく笑って口を開いた。

「先輩は今も、ポマードを使っているんですね」

久保倉さんは戸惑いの表情で、私や葵さんに助けを求めるような視線を送ってきた。

「あの、こちらの方は……？」

すべてを予想していたかのように、葵さんは落ち着き払っていた。私もどういうことか聞きたかったのだが、葵さんは笑顔で爽やかに受け流し、久保倉さんに言った。

「ひとまずどうぞ、こちらに。完成品のご確認をお願いいたします」

久保倉さんは疑問を浮かべた顔のまま、ムエットを受け取った。香りは私のところまで漂ってきて、瑞々しいレモンの香りと草の匂い、そして土を踏みしめた時に立ち上る独特の土臭さまでが仄かに香った。

「……素晴らしい。これは、私が求めていた香りそのものです。本当に、あの日に戻れそうだ」

香水は完璧だが、やはり、久保倉さんは詩鶴さんのことが気になっているようだった。彼女は控えめな笑みを見せた。

「たぶん、覚えてないと思います。私、高二の時あなたに勉強を教えてもらった――」

「雨宮、さん……」

詩鶴さんは目を丸くし、小さく声を上げた。

「覚えてるよ。僕は君がくれた言葉のおかげで、教師になったんだ。君が、『先生みたいに教え上手ですね』って、言ってくれたから」

「うそ、そんなことって……」

詩鶴さんは驚きのあまり呆然としている様子だった。

「私、今度の四月から、転職して教師になるんです。すごい偶然ですよ！」

「それは……おめでとう。でも、僕は……」

久保倉さんが沈んだ表情で俯く。彼は、仕事に行き詰まっていると話していた。辞めるべきか、悩んでいた。その姿に、私はいつの間にか自分を重ねていたのだろう。何度実験を繰り返しても成果がなく、もがけばもがくほど深みにはまっていくような日々だった。明るい未来なんて想像できなくて、自分はここまでかもしれないと限界を感じていた。久保倉さんも、私と同じように苦しんでいるのではないか。彼の揺れる瞳を目にして、気づけば思い切って口を挟んでいた。

「久保倉さん、あの日の気持ち、思い出すことはできましたか」

そうであってほしいと願いながら、私は問いかけた。

久保倉さんは手の中にあったムエットを、じっと見つめた。そして鼻に近づけると、確信を得たように頷いた。顔を上げ、詩鶴さんに向き直る。

「最近は仕事に追われるばかりで、教師になった頃の情熱もなくなっていたんだ。君と話した記憶も薄れて、都合のいい妄想だったかもしれないと疑うようにさえなった。でも、この香りで思い出したよ。君みたいな、目を輝かせて僕の授業を聞いてくれる生徒に出会いたくて、僕は教師になったんだ。やっぱり、まだ僕は諦めたくない」

詩鶴さんは静かに彼の言葉に耳を傾け、優しい笑みを浮かべた。

「私にはもう、あの頃みたいに無邪気なことは言えません。先輩と同じように、いつか私も壁に突き当たるのかもしれない。でも、先生のままでいてくれたら、私は嬉しいです。必ず追いつくから、待っていてください。――私、足の速さには自信があるので」

「参ったな、すぐに追いつかれそうだ」

二人は楽しそうに、声をあげて笑った。混ざり合った二人の香りが、ほんのひと時、時間をあの日へと巻き戻したようだった。

「ところでお二人は、『カップルフレグランス』というものをご存じでしょうか」

和らいだ空気の中、葵さんが言う。詩鶴さんと久保倉さんは揃って首を振り、葵さんは一つ頷いて、説明した。

「その名の通り、男女のカップルで使うことを想定して作られた香水です。調香の段階から、共通の香料を配合したり相性の良いトーンを組み合わせるなど、工夫が凝らされているものです。単独でも完成された香水ですが、二つが混ざり合うと、新たな魅力をもつ香りが生まれます」

私はあっ、と思わず声を上げた。

「もしかして、お二人の香水が、その『カップルフレグランス』に？」

「さすが茉莉さん、冴えていますね」

葵さんに褒められたのは嬉しいが、今は驚きのほうが勝っていた。

「女性用の香りが引き立つよう、男性の香りを控えめに作るのが一般的なのですが、今回はその逆で、雨宮さんがご依頼のオークモスとベルガモットの香りを基準に作ってみました。そして、基準となる香りと相性の良い香りを、選んでいただいたんです」

「じゃあ、あの占いは、カップルフレグランスのためのものだったんですね」

詩鶴さんが納得したように両手をポンと合わせた。

「あの時は、ごまかしてすみませんでした。でも、秘密にしておきたかったものですから」

葵さんは二人が顔を合わせるよう、意図的にこの時間を指定したのだと種明かしした。

「出過ぎた真似をしたかもしれません。でも、将来に迷ったお二人が、同じ思い出を道標にしていることに気づいた時、思ったんです。お二人には強い〝縁〟があるのではないか、と。残り香だけを追って終わるのは、もったいない気がして。それに――」

葵さんは久保倉さんに目を向けた。

「僕には久保倉さんが、教師を続けるために、この店にいらしたように見えたので」

「……ええ、今なら僕も、そう思います。悩んでいたのが嘘のように」

久保倉さんはほっとしたような笑みで答えた。

葵さんはそれぞれの香水を箱にしまうと、一本の赤いリボンを、それぞれの箱に結んだ。

「どうぞ、お受け取りください」

二人は出来上がったばかりの香水を手に、店を出て行った。二人にはこれから、どんな縁が結ばれるのだろう。並んで歩く背中を、私は温かな気持ちで見送った。


「久保倉さんが決心を口にできたのは、茉莉さんの一言のおかげかもしれませんね」

その日の夕食のテーブルで、葵さんが私に言った。何のことかわからず首を傾げると、あの日の気持ちを思い出すことはできたか、彼に尋ねた時だと返ってきた。今思えば、私にしては頑張った場面だった。

「私も、久保倉さんが自分を奮い立たせるために、この店にいらしたように見えたんです。だから、葵さんの作った香水をもう一度嗅いだら、勇気づけられて迷いを振り切れると思いました。私にとって香水は、気弱になった時、勇気をくれるものなので」

「なるほど、香水の力を信じていたから、あの言葉に繋がったんですね」

「今まで、裏切られたことは一度もありませんから」

冗談めかした私の言葉に、葵さんがくすりと笑った。

香水には、特別な力がある。ただ一滴の香水の香りが、過去を今に繋ぎ、未来を切り開く。眠っていた久保倉さんと詩鶴さんの思いは、香りによって目を覚ましたのだ。こんなにも鮮やかに過去を蘇らせるものを、私は他に知らない。混ざり合うカップルフレグランスの香りはきっと、いつかの未来で今日の記憶を蘇らせるのだろう。二人の思いと共に、鮮やかに。やっぱり香水は素晴らしいものだ。自分が作ったわけでもないのに誇らしくて、口元に笑みが浮かんだ。

「ところで、葵さんはどうして二人の〝思い出〟が同じだって気づいたんですか」

調香を本格的に始める前から、葵さんは二人の関係に気づいていたはずだが、私にはその理由がまったくわからなかった。

「そうですね……まず、久保倉さんの職業からでしょうか。袖の汚れを見て、チョークの粉ではないかと思いました」

「ああ、それで黄色だったり、ピンク色だったりしたんですね。確かに、全部チョークの色です」

懐かしさと共に、当時の担任教師が板書する風景が蘇る。

「その〝思い出〟から教師になろうと思い立ったというエピソードは、お二人とも同じでした。加えて、久保倉さんの相手は学年が違う運動部の女子、雨宮さんのほうは落ち着いた男の先輩。雨宮さんは高校の頃陸上部だったという手がかりもありました」

答えを知った今なら、思い当たることはあった。なるほどと頷きつつ、私だったらそんな偶然は信じられなかっただろうな、とも思う。

「僕が確信したのは、二人が相手の香りに辿り着いた瞬間の、表情の変化を見た時ですよ」

「あ……」

その時私の脳裏に蘇ったのは、詩鶴さんが久保倉さんの香りに出会った一瞬の表情だった。明かりが灯ったような、瞳の煌めき。息を呑み、紅潮した頬。閉ざされていた蕾が、一気に花開いたかのようだった。

「先日、茉莉さんがおっしゃっていた通りです。香りは、脳が理解するより先に感情を揺さぶる。そんな風に無意識に生まれた情動には――」

「嘘が、ない」

私は葵さんの言葉を引き継いで、言った。

憧れ、尊敬、それから――。私は詩鶴さんがそっと胸に仕舞った言葉に気づき、春の訪れを思った。

第3話

お日さまの処方《フォルミュール》

我が雨宿り商店街には、雨の日しか開かないカフェがある。晴れの日はひっそり、見逃しそうなくらい気配を消していて、かといって開店してもやはり、見逃しそうなくらいささやかに明かりをつけ、看板を出していた。看板には店名と同じくらい目立つ大きさで、「雨天営業」と書かれている。

店の名前は、Au《オ》 Soleil《ソレイユ》という。葵さんによれば、フランス語で太陽に向かって、とか、ひなたで、という意味らしい。雨天限定の営業にもかかわらず、不思議で不可解なネーミングである。

「同じフランス語の店名仲間としては、気になりますよね」

その点は特に気にならないが、店がオープンしたのは三年ほど前で、どんな店なのか興味はあった。しかし奇妙な店だと知りながら足を踏み入れる勇気もなく、今日まで訪れたことはない。

かくして私たちは、針のような冷たい雨の降った日、そのカフェに出かけた。

今日は朝から雨が降り出して、アーケードの屋根をぱちぱちと滴が叩いていた。商店街は客足が鈍く、ただでさえ普段から人の少ないこの裏通りには、人影すらない。静かで、雨の匂いのする午後。

そういえば、雨の時に立ち上る匂いは、何の匂いなのだろう。泥臭くて湿った、独特の香り。一般的に良い匂いではないけれど、私はわりと好きだ。

失礼ながら私は、店主は相当な変わり者か、陰気な人を想像していた。普通の人なら気が滅入るような天気の日を選んで店を開けるのだ、よっぽど捻くれたこだわりがあるに違いない。

しかし、そんな想像はまったく裏切られ、店主は私なんかよりよっぽど陽気な、気持ちの良い女性だった。たぶん、私や葵さんより少し年上だろう。肩の上で切り揃えたボブカットが、よく似合っている。ハキハキとした口調は知的で、頼れる姉御肌という感じだった。

店は彼女一人で、切り盛りしているという。

「だって、こんなお客の少ない店、バイト代なんて払えるわけないじゃない！」

あはは、と店主の矢後《やご》晶《あきら》さんは豪快に口を開けて笑った。私は彼女の勢いに、ちょっと気圧されている。

「香水屋さんとうち、目と鼻の先なんだから、もっと早く来てくれれば良かったのに」

「私も、そう思います。ケーキがすごく美味しいし、お店の内装も素敵ですね。つい長居したくなります」

店の看板メニューは、「レイニーデイ・ランチ」と銘打たれたランチプレートのようだった。サラダとメインの料理がワンプレートに載っていて、さらにスープもついている。メインはポークソテー、チキンのグリル、白身魚のムニエルに、カキフライ。日替わりで、その時仕入れた材料で作るという。残念ながら、私も葵さんも昼食は済んでいたので、ケーキセットを注文した。私がキャロットケーキ、葵さんはチョコレートケーキだ。ほんのりと甘い、素朴で懐かしい味だった。店内にはボリュームを絞ったクラシックが流れていて、なんと本物のレコードがかかっていた。煙草の匂いはないが、古き良き純喫茶といった雰囲気だ。

「ずっと気になっていたんですけど、雨の日しか開かないのにお店の名前に『太陽』を入れたのって、どんな理由なんですか」

コナコーヒーのナッツに似た甘い香りを味わいながら、私は晶さんに尋ねた。意外にもあまり聞かれたことがなかったのか、晶さんは少し戸惑っているように見えた。

「そうねえ、一言でいうと、憧れかなあ」

「憧れって、太陽に？」

「うん。でも、憎らしいと思うこともある」

晶さんはさっぱりとした口調で言った。どういう意味だろう。私は気になったが、晶さんはそれ以上説明するつもりはないらしかった。

「でもね、雨の匂いは好き。つい、窓を開けて嗅いだりしちゃう」

雨の匂い。ちょうど私も、その匂いについて考えていたところだった。

「私も好きです。何ともいえない感じの、他にない匂いですよね」

私たちが話していると、葵さんが言った。

「その匂い、名前がついているってご存じですか。『ペトリコール』というんです」

私と晶さんは、口々に知らなかったと答えた。なんだか可愛らしい名前だ。晶さんが、興味津々の様子で葵さんに詳しい解説をせがむ。

「ギリシャ語で〝石のエッセンス〟という意味で、鉱物学者が論文を発表した時に作った造語だといわれています」

　具体的には、雨が降った時に地面から立ち上る匂いを指すそうだ。土の表面に付着した特定の植物の油が、湿度の上昇によって鉄分と反応し、匂い始めるという。

「雨が降り出すと油は流されてしまうので、正確には雨が降る〝直前〟の匂いですね。あとは、土の中にいる細菌がつくるジェオスミンという化合物も、雨の時に強く感じられることがあるようです」

「すごい。葵さんって、香りに関係することなら何でも知っているんですね」

　博識さに感動して、私は思わずそう言った。この人の頭の中はどうなっているのだろう。

「偶然、何かの本で読んだだけですよ。興味があったから覚えていたんです」

　葵さんはちょっと赤くなって、そう謙遜した。

「でも、名前って大事よね。私はこれから、あの匂いを嗅いだら『ペトリコール』だなって思うはずだもの。顔しか知らなかった常連さんの名前を知ったみたいで、なんだか楽しいわ」

「名前を知ったら、少し距離が近づいた気になりますもんね」

　同意するように、晶さんは頷いた。距離が近づく、といえば。私はバッグに入れていたものを思い出した。

「あの、これ、お近づきのしるしに。ハーブティーなんです」

「あら、ありがとう！　これって、お店の横にあるお庭の？」

そうだと答えると、晶さんは時々見に行っていたのだと話した。

「あの辺だけ、不思議とアーケードの屋根がないのよね。そっか、綺麗な花だな、見慣れない葉っぱだな、なんて思ってたけど、ハーブだったのね」

いいなあ、と晶さんは私がラッピングした袋を愛しげに撫でていて、なんだか恥ずかしくなった。

「そうだ、茉莉ちゃん、うちのメニューを一緒に考えてくれない？」

「メニュー？　でも、今のままでも十分な気がしますよ」

「食事のほうはね。ただ、食後にハーブを使った飲み物とかを提供したいなあって思っていたの。ほら、ハーブって、色々効能があるでしょう。美肌とか、疲労回復とか、頭痛緩和とか、そういうの」

以前から、そういったメニューを加えたいと考えていたのだという。

「さすがに、もう少しお客さんが来ないとねえ。儲けは期待してないけど、赤字続きは抜け出したいわけ。それで、ちょっとした目玉をね」

それはなんとも、責任重大だ。素人の私に、目玉商品の案なんて出せるだろうか。尻込みする私の背後から、遠慮がちな声がした。

「あの、そういうことなら、僕にもお手伝いさせていただけませんか」

テーブル席にいた、お一人様の男性だった。歳は、晶さんと同じくらい——三十代半ばといったところだろうか。黒緑の分厚い眼鏡をかけている、真面目そうな人だ。あまりに静かなので、私は彼の存在に気づいていなかった。

「あら、あなた、この間の虫歯の……」

晶さんが男性を見て言った。最近常連になったお客様だという。甘い物を食べて突然歯が痛み出し、晶さんが商店街にある歯医者を紹介したそうだ。

「その節はどうも、お世話になりました」

私たちの視線を一斉に浴びた彼は、首をすくめて晶さんに名刺を差し出した。

「株式会社ネオ・コンサルティング……裏辺《うらべ》さん、ね」

裏辺と呼ばれた男性は、小さく頷いてから言った。

「うちの会社では最近、こちらのような比較的小さな店舗のコンサルティングに力を入れているんです。例えば——」

裏辺さんはいくつかのカフェやパン屋さんの名前を挙げた。流行にあまり詳しくない私でも、テレビや雑誌で見かけて名前くらいは知っている有名店だ。

「手前味噌ですが、どのお店も僕らのアドバイスによって一気に人気が出て、その結果売り上げもどーんと伸びました」

「どーんと……」

晶さんが魅入られたような表情で繰り返す。

「僕の見立てでは、こちらのカフェも十分、飛躍する可能性があると思います。雰囲気が良く、メニューも飽きがこない。何より、雨の日だけ営業するというのが独創的で素晴らしい」

裏辺さんは黒縁の眼鏡をきらりと反射させ、晶さんに詰め寄った。

「僕にお手伝いさせてください。一緒に、売り上げを伸ばしましょう！」

熱くなった裏辺さんに負けない勢いで、晶さんは彼の手を取って言った。

「よろしくお願いします！」

その翌日、裏辺さんは再び「雨宿り商店街」に現れた。今度はAu Soleilではなく、我がThé et Madeleine《テエマドレーヌ》に。

「ご依頼はお日さまの匂い、ですか。それは面白いですね」

裏辺さんのオーダーに葵さんは驚きを浮かべたが、前向きな様子だった。

「僕自身は作ったことがありませんが、太陽の匂い自体は分析されているはずなので、作れるかもしれません。柔軟剤の香りで、既に商品化されたものもありますし」

挑戦してみるとの言葉に、彼は顔を輝かせた。

「ありがとうございます！　メニュー以外に話題になる商品をと考えていて、店名にちなんだ香水というのはおしゃれで良いと思いついたんです。香水店の方がちょうどいらしたのも、何かの縁かと」

裏辺さんは活き活きしていて、晶さんのお店を盛り上げたいという気持ちが本物なのだと伝わってきた。

「今朝、矢後さんにもご連絡して、了承もいただいています。香りについては、矢後さんも確認したいとのことでした」

とんとん拍子に話は進み、晶さんのほうでもコンサルティングの契約を結ぶつもりらしい。私は葵さんの後ろにいて、展開の速さに少々戸惑いながら眺めていた。そんな私を見て、裏辺さんはにこやかに言った。

「ハーブを使った新メニューの方も、期待しています」

プレッシャーをかけられ、私は曖昧に返事をする。これ以上追及されると困るので、話題を少しずらしてみる。

「今日も晴れていますし、洗濯物を干していると、まさにお日さまの匂いがしそうですね」

見送る時、私がそんな風に言うと、裏辺さんは同意しながらも、でも、と続けた。

「今日はこれから、きっと雨になりますよ」

「朝の天気予報では、一日晴れると聞いたような気がしますけど……」

私が首をかしげると、彼は自分のこめかみをトントンと叩いた。

「僕、偏頭痛もちなんです。低気圧が来るとすぐ、頭痛がするんですよ。雨の日なんて、本当に憂欝で……。まあそういうことですから、けっこう当たりますよ」

にっこり笑った彼が立ち去って一時間後、確かににわか雨が降ってきた。おかげで私たちは、バタバタと洗濯物を取り込むこともなく、お日さまの匂いを堪能することができた。

ひょんなことから話は進み、私は買っただけで満足してあまり読んでいなかった、ハーブについて書かれた本をぱらぱらとめくっていた。晶さんが例に挙げていた効能のものはいくつか見つかったが、どんな味がするのかや値段や入手しやすさなどは、あまり詳しい情報はない。

「お店に出すなら、やっぱり料理の邪魔をしないような、飲みやすい味がいいよね……」

苦みが強すぎたり、クセがあったりすると、売り物にはならないだろう。とりあえずいくつか試してみようと、私は使うハーブをリストアップし、庭で栽培していないものは通販で揃えた。

ハーブが届いた翌日、私は晶さんの店を訪ねた。今日は〝あいにくの〟晴れだったため、営業はしていなかった。時刻は夜九時。店内にいるのは、私と晶さんの二人だけだ。

「ねえ茉莉ちゃん、これなんかどうかしら」

私の本を見て、彼女が指さす。そのページに載っていたのは、レモンバームというハーブだった。

「美肌効果……なるほど、ビタミンCが豊富みたいですね。女性には受けそうです」

「あと、頭痛が良くなるハーブなんてない？」

「頭痛のこと、この前もおっしゃってましたよね。晶さん、頭痛もちなんですか」

晶さんは少し慌てた様子で、違うと早口で答えた。

「私の知り合いがね、そうみたいなの。もしあったら、教えてあげたいなあと思って」

後から考えればすぐわかることだったが、この時の私は特になんとも思わず、じゃあ探してみますねとだけ答えたのだった。

みんなで何かを作るというのは、高校生の文化祭以来だろうか。わくわくして、浮足立つような気持ちを、私は久しく忘れていた。三月も半ばになり、買い物帰りにほんのり暖かさが感じられるようになってきたことにさえ、口元が緩む。

春めいた夕日が、とろりと私の帰り道を照らしていた。

どこかで、布団を叩くぱんぱんという音が聞こえる。今日は天気が良かったから、うちも布団を干せばよかった。布団を干した時の香ばしい〝お日さまの匂い〟は、格別だ。そういえば、葵さんのお日さまの匂い作りは、順調に進んでいるのだろうか。

今日は店の定休日なので、私は店舗の裏に回った。住居スペースに繋がる裏口のドアを開けると、入ってすぐの三和土で靴を脱ぐ。食材を両手に持ったまま、二階に上がった。

やけに静かだと思ったら、夕陽でポカポカしているダイニングで、葵さんがテーブルに頬杖をついて目を閉じていた。薄く開いた窓から柔らかな風が入り込み、微かにナツメグが香った。おそらく調香の材料ではなく、今日の夕飯がハンバーグだからだろう。

手に持った袋がかさりと音を立てたけれど、葵さんはまだ目を覚まさない。貴重な場面に遭遇した気がして、そろりともう一歩、近づいた。

——あ、お日さまの匂い。

彼が着ている白いシャツから、ふわりと漂い出たようだ。平和な日常を象徴する香りに、私は一瞬、自分の置かれた状況を忘れてしまいそうになる。何もかも、悪い夢だったらいいのに、と願いたくなる。

この人がここにいる本当の理由が、もし、私の想像した通りだったら。——いや、それなら、こんな風にのんびり居眠りをしているわけがないか。それとも、私を油断させるため？　ぐるぐると考えを巡らせても、答えは出そうにない。

「……あれ、茉莉さん。おかえりなさい」

はっと我に返ると、葵さんは目を開けてこちらを見ていた。小さく欠伸をして、猫のように伸びをする。私は今さらながら寝顔を盗み見ていたことが恥ずかしくなって、慌てて謝った。

「す、すみません、起こしてしまって」

「いいえ、十分眠れました。今日は良い陽気ですね」

満足げに言う葵さんからは、やはりお日様の匂いがしていた。もしかして、と思い当たって尋ねる。

「頼まれていた〝お日さまの匂い〟、もう完成したんですか」

私の言葉に少しだけきょとんとしてから、葵さんはああ、と声を上げた。

「大体の処方《フォルミュール》は、出来上がりました」

「フォルミュール？」

「すみません、レシピと同じような意味で、日本語にすると『処方』です。以前の職場で、よく使っていたもので」

早口で説明した葵さんの目が、少し泳いでいた。響きからすると、フランス語だろうか。はっきりと言わないけれど、彼はここに来る前、フランスにいたのかもしれない。聞きかけて、詮索しない約束をしていることを思い出した。疑問はそっと、胸にしまった。

「これって、人工の匂いなんですね。すごいです、本当に外で干した洗濯物の匂いかと……」

シャツから香った〝お日さまの匂い〟は、香水だったのか。

「茉莉さんの鼻を騙せるくらいなら、良いものができたようですね」

葵さんはにっこりした。そういえば、と私はこの前から抱いていた疑問を口にする。

「太陽の匂いって、具体的には何の匂いなんでしょう」

すでに分析されているとは聞いていたが、その正体についてはまだ聞いていなかった。

「昔はダニの匂いだなんて噂もあったようですが、人間の汗や皮脂、洗剤の成分などが太陽光に当たって分解した結果、発生する成分の匂いのようですね。アルコールや脂肪酸に属する揮発成分が香るみたいですよ」

「アルコールとか脂肪酸って言われると、なんだか味気ないですね」

私は化学式を思い浮かべながら呟く。化学は専門ではないけれど、揮発成分というのは、香水の香料と同じように常温で気体になる性質をもつ成分のことだろう。気体になると分子の状態で空気中を漂い、それが私たちの鼻の嗅覚細胞に届いて、匂いを認識するのだ。

「でも、ローズの香りを構成するのも、アルコールが中心なんですよ。例えば、フェネチルアルコール」

葵さんはメモ用紙に鉛筆で、さらさらと構造式を書いた。六角形のベンゼン環から炭素の鎖が尻尾のように伸びて、その先に水酸基のＯＨが揺れている。

「他にも、ゲラニオール、ロジノール、シトロネロール」

呪文のように、葵さんは呟いた。-ol《オール》という接尾語は、アルコールの仲間であることを示している。

「じゃあ、これはどうですか」

私は鉛筆を借りて、ＣＨＯと書いた。

「アルデヒド基ですね。これは少し刺激的で強い香りです。香水にはアルデハイディックというカテゴリーがあって、その名の通り、アルデヒドをたくさん使ったものを指します。シャネルの『No.5』という有名な香水がありますが、あれはその代表格ですね」

目に見えないほど小さな水素と炭素と酸素の連なりが、ふわふわと漂って、私たちの嗅覚を、脳を、感情を揺さぶる。お日さまの匂いが、母との記憶を呼び起こしたり、なんだか幸せな気分にしたりする。

「調香する時は、そうやって構造式を書き出しながら考えるんですか？」

「いえ、あまり参考にすることはありませんね。結局、香水で大事なのは、全体の調和ですから。素材の香料一つ一つが楽器だとすれば、香水はオーケストラの演奏のようなものです。調香師の中には香水を一つの曲と捉え、自らの仕事を作曲者と称する人もいます。音楽と違うのは、ずっと香りを主張し続けているところでしょうか」

楽器にはそれぞれ担当するパートがあり、楽譜に指示のないところで奏でることはできない。けれど香料は香水の中で、ずっと固有の香りを放っているのだと、葵さんは言った。

「トップノートからラストノートまで、変化があるように感じられるのは、単なる化学的性質――揮発しやすさの違いがあるからなんです。ああでも、あの曲を演奏する様子はまるで、香水のようだと思いました……」

また、はじまった。私は心の中でこっそり、呟く。葵さんの話は、香水をきっかけに思いがけないところへと繋がっていく。彼にとって、世の中の大抵のことは香水と繋がっているのではないか、と思う。

「茉莉さんは、ハイドンの『告別』を知っていますか」

「ハイドンという作曲家は聞いたことがありますが、その曲は知らないですね」

「曲より、演奏風景が有名かもしれません。演奏者が、曲が先に進むにつれてどんどん減っていくんです。席を立って、譜面台の明かりも消して、舞台からいなくなってしまうんですよ。最後はバイオリン奏者二人だけになって、消えるように曲が終わります。なんでも、早く帰りたい楽団員の気持ちを表したのだとか」

最終的にはステージの照明も消えるのだと、葵さんは楽しそうに語った。海外に行った時、実際に聴いたのだという。

「わあ、おもしろそうですね。私、クラシックはあまり聞かないんですが、母は好きなので知っているかもしれません」

「そういえば、茉莉さんのお母様のことは伺っていませんでしたね。どうされているんですか」

言われてみれば、まだ話していなかった。特に隠す必要もないので、私はさらりと答えた。

「うちの両親、私が成人してすぐ離婚したんです」

「ああ、では一年前はもう、お母様はここにいらっしゃらなかったんですね」

私は肯いた。父が失踪したことはもちろん母にも知らせているが、楽観的なのか薄情なのか、そのうち帰ってくるわよ、の一言で片づけられてしまった。

「フランスで服のデザインを学んでいる時、パリで父と出会ったそうです。元々旅行好きだったんですが、私の手がかからないようになると一人旅をする機会が増えていって……。離婚して数か月後、母はバカンスに行くと言ってバリ島に向かい、そこで出会ったフランス人男性と意気投合して、今は二人でモロッコにいます」

「モロッコ……ああ、タジン鍋の」

「あの蓋の形、独特ですよね。初めて見た時は変な形だなと思いましたけど」

「でも、あの形が美味しさの秘密なんじゃないですか。水分が循環して、旨味も凝縮されるらしいですよ」

「クスクスっていう、つぶつぶしたパスタも使われますよね。ハーブもクミンとかコリアンダーとか」

一度だけモロッコ料理の店で、食べたことがある。母が新しい恋人とその国にいると思うとなんだか複雑な気分になったので、二度は行っていない。味は好みだったけれど。

「……なんだか、お腹がすいてきましたね。そろそろ夕飯の準備をしましょうか」

葵さんはまだ少し眠気が残っているのか、再び伸びをして、立ち上がった。その日出てきたのは、クミンや胡椒が効いた、ちょっとスパイシーなハンバーグだった。


お日さまの匂いを堪能した翌日は、大雨だった。アーケードの屋根を、雨粒が激しく叩いている。私は葵さんと、ランチを食べに Au Soleil に行こうと話していた。お昼の間お店を少し閉めることになるが、どの道この雨ではお客さんも少ないので構わないだろう。

そんな不真面目な店主とアルバイトを責めるかのようにドアベルが鳴ったのは、まさに「CLOSED」のプレートを掲げようとした時だった。

「あれ、裏辺さん？」

どこかに車を止め歩いて来たのか、彼のスーツの両肩は濡れていた。でも彼にいつもの覇気がないのは、雨が理由ではないように見えた。

「すみません、謝らなければいけないことがありまして……」

何事かとカウンターから出てきた葵さんに、裏辺さんは深く頭を下げた。

「申し訳ありません。Au Soleil のコンサルティングの件は、なかったことにしていただきたいんです。『お日さまの匂い』の香水については、こちらをお納めください。今後どうするかは、矢後さんとご相談を……」

厚みのある封筒をカウンターに置き、裏辺さんは一方的に喋った。お金が入っているだろう封筒の中身を確認した葵さんは、静かに言った。

「この額は多すぎるので、一部お返ししますね。それより、どういった理由で中止になさるのか、教えていただけませんか」

「……すみません、全部僕の責任です」

彼は謝罪一点張りだった。そして雨音に追い立てられるようにして、しょんぼりと店を出て行ってしまった。

「矢後さんのところに行ってみましょうか」

「はい、私もそう思っていたところです」

私たちは Au Soleil に急いだ。今日は朝から雨で営業しているはずなのに、ドアには休業中と書かれたプレートが下がっていた。しかし覗いてみると、店内の奥、キッチンにあたる場所の電気はついている。私たちは裏に回って勝手口のドアをノックしてみた。晶さんと呼びかけると、鍵を開けてくれた。

「あの、先ほど裏辺さんがいらっしゃって……」

「ええ、うちもよ。突然、今回のお話はなかったことにって言われたの。混乱しちゃって、お店閉じちゃったわ」

「じゃあ、晶さんも理由はご存じないんですか」

「社内で反対されたって言われたわ。詳しいことは説明してくれなかった」

私たちは困惑して顔を見合わせた。沈黙の中、ふと、鼻をつく匂いに気がつく。

「あの、なんだか焦げくさくないですか？」

私が言うと、晶さんがしまったと声を上げた。キッチンに走り込んだ彼女は、私たちに見えるように、スキレットを傾けた。まん丸で真っ黒焦げになったホットケーキの成れの果てが乗っかっている。

「見事に丸こげですね」

葵さんがコメントする。晶さんはため息をついた。

「動揺してすっかり忘れてたわ。こういう素朴な味も良いかと思って、試作してたんだけど」

晶さんは焦げたホットケーキに目を落とし、ぽつぽつと言った。

「子供の頃、母と一緒によく作ったの。晴れの日は、洗濯物を取り込んだ後に二人で交互にホットケーキを焼くのよ。熱いうちにバターを載せて、はちみつをたっぷりかけてね。

この前店に来た彼にもその話をしたわ。どんな店にしたいか改めて考えたら、私はそんな、子供の頃に感じたほっとする場所を作りたかったんだって気づいたって」

「ホットケーキだけに？」

わざと明るく言うと、葵さんも晶さんもぽかんとして、同時に笑い出した。

「茉莉ちゃんてそんな冗談言うのね。意外！」

晶さんは眦《まなじり》に溜まった涙を拭い、ガシガシとスキレットを洗い始めた。少しは元気を出してくれただろうか。私たちはそっと店を後にした。


新生 Thé et Madeleine がオープンして、一か月が経った。朝十時に店を開け、夜六時に閉める。そんな生活に、私も慣れてきた。いや、ずっと前からこんな生活をしていたかのような錯覚さえ、抱くようになった。大学にはいまだに足を向けることができなくて、研究室での日々が遠いことのようだ。

葵さんは相変わらず美味しい料理を作ってくれて、私は皿洗いだけでなく、近所への買い出しもするようになった。私が買ってきた食材を二人で冷蔵庫に収めながら、何を作ろうか、あれが食べたい、と話す時間が、私は好きだった。

晶さんとばったり会ったのは、裏辺さんが現れた時以来の、雨の日だった。その日はスーパーの朝市があり、買い物担当としては雨に負けているわけにはいかなかったのだ。私は戦利品を抱えて家に帰るところだった。

「ん？　あれって……」

私の進行方向からやってくる女性の歩き方に、見覚えがあった。足運びがてきぱきしていて、背筋がピンと伸びている。傘もまっすぐで、なんだか見ていて爽快だ。

「おはようございます、晶さん。今日は開店しないんですか」

晶さんも私に気づいていたようで、おはようと返ってきた。

「午後からは開けるつもりよ。今日はちょっと、彼の会社まで直談判に行こうと思ってさ。アイツめ、電話しても出ないし、メールもごめんなさいだけだし。……お店にも、もう来てくれないでしょうね」

私はてっきり、晶さんは裏辺さんに怒っているのだと思っていた。確かに怒りもあるようだけど、彼女にとっては裏辺さんがもう来てくれないことのほうが大ごとのように見えた。

「正直、コンサルティングのことはもういいの。私は今までと変わらず続ける。だから、きちんと理由を聞いて、またお店に来てねって彼に言うつもりよ」

凛として言いきった晶さんは、恰好良かった。服装もこの前はもっとカジュアルだった気がするが、今日はミモレ丈のスカートにブルーグレーのジャケットを合わせていて、オフィス街に勤めるデキるお姉さんという感じだ。対して私はエコバッグ二つを抱え、ジーンズにスニーカーというかにもスーパーに行きましたという恰好で、ちょっと恥ずかしい。

「裏辺さん、会ってちゃんと説明してくれるといいですね」

「ちょっと不安だけど、お守りももらったから」

晶さんがバッグから出したのは、手の中に収まるくらいのアトマイザーだった。

「志野くんがくれた試作品よ。さっき偶然会った時に、くれたの」

シュッと一吹きすると、雨なのに途端に「お日さまの匂い」が広がった。やっぱり、ほっとする香りだ。

「良かったら、後でお店に来てちょうだいね」

私は頷き、がんばれ、と颯爽と歩く背中にエールを送った。

店に戻ると、雨のせいかお客さんは一人もいなかった。葵さんはなぜか、店頭にいる時着けているエプロンではなく、白衣を着て、店の奥で何か作業をしていた。横から覗くと、彼の手元には五百ミリリットル容量のビーカーがあった。五分目くらいのところまで液体が入っていて、葵さんはガラス棒を手にくるくると混ぜている。

「何をされているんですか」

驚かせてはいけないと思い、そっと声をかける。葵さんは私に気づくと、言い訳のようにちょっと暇だったので、と答えた。

「作った香料を、カプセルに入れていたんです。柔軟剤の香りのカプセルや、印刷物を擦ると香りがする仕組みと同じものですよ」

「カプセルなんて、すぐできるものなんですか。専用の機器がなくても？」

気になって、葵さんと一緒にビーカーを覗き込んだ。

「方法にもよりますが、簡単ですよ。ナイロンの膜を重合《じゅうごう》反応によって作って、その中に香料を閉じ込めるんです」

「ナイロンって、化学繊維のナイロンですよね。高校の化学の実験で、ちょっとやったような……」

「教科書的に言うと、アミノ基とクロリド基の縮合反応によるアミド結合の結果、界面でポリアミドのナイロンが生成されるわけです」

早口で説明した葵さんは、私の理解が追いつく前に、液体の入ったビーカーに別の液体を少量加えた。

「ビーカーには先に水を入れておきます。ここに香料とクロリド基をもつ化合物を入れました。どちらも油なので、水の中に入れると分離します」

ガラス棒でかき混ぜると、油滴が水の中で丸く浮き出てきた。

「アミノ基をもつ化合物のほうは水に溶けやすいので、水溶液にしてここに加えます。そうすると、香料が生成したナイロンに包まれるんです」

取り出して乾かしたものがこちらに、と葵さんはお料理番組のようなセリフで私に白い紙を見せた。

「一見何もないですが、ここに香料カプセルが付着しています。擦ってみてください」

紙を受け取り、人差し指で擦ってみる。表面は少しざらざらしていた。ふわりと、甘く立ち昇る香り。

「あれ、この香り、もしかして」

「はい、このままお蔵入りするのも寂しいので、『お日さまの匂い』を使ってみました」

懐かしさの漂う甘さの中に、からりと乾いた香ばしさ。蘇るのは、母のそばで取り込んだばかりの布団に顔をうずめる、子供の頃の風景だった。

母に、会いたい。唐突に、その思いが胸を突いた。私は襟元をぎゅっと握って、不意に湧いた感情をやり過ごした。

「……茉莉さん？」

心配そうに顔を覗かれて、私は慌てて何でもないと手を振った。

「素敵な香りですね。本当に、お蔵入りにするのがもったいないです。どうして裏辺さんは何も説明してくれないんでしょう」

私は先ほどの晶さんとのやり取りを、葵さんに伝えた。

「矢後さんの話では書面で契約を結ぶ前に断られたようですが、法律上問題がないにしてもかなり一方的でしたよね。僕も、納得はできていません」

葵さんはしばしの黙考の後、突然言った。

「では、直接聞いてみましょうか」

彼の手には既に、スマホがあった。

「直接って、裏辺さんに聞いても教えてくれないんじゃ……」

「裏辺さんではなく、同僚のどなたかです。社内で反対されたという話でしたから、なぜなのか理由を教えてもらえば解決です。裏辺さんの言う会社が、本当に存在していれば、ですが」

葵さんが不穏なことを言うので不安になったが、ネオ・コンサルティングという会社はきちんと存在していた。連絡先もホームページに書かれており、葵さんは躊躇なくその番号にかけた。

電話に出たのは若い女性のようだった。スピーカーフォンにしてくれたので、私にも声がはっきり聞こえた。

「御社の裏辺様にコンサルティングをしていただく予定だった、矢後の代理の者ですが……」

しかしここで、様子が怪しくなった。裏辺、という名の社員は在籍していないというのだ。電話の女性は色々と手を尽くして調べてくれたが、結局見つからなかった。

「これはどういうことでしょう。裏辺さんが嘘をついていたということ？」

葵さんが丁重にお礼を言って電話を切った後、私は問いかけた。

「……矢後さんに、連絡してみましょうか。もう会社には着いているはずですよね」

葵さんの言葉に頷き、私は自分のスマホに手を伸ばした。まさにそのタイミングで、着信音が鳴った。晶さんだ。私が名乗る前に、彼女の叫ぶような声が耳に飛び込んでくる。

「名刺の住所に、ネオ・コンサルティングなんて会社はなかったわ！　本社は別の場所にあるみたいだけど、行っても無意味よね」

やはり。私は晶さんに、会社に問い合わせたが、社員の中に裏辺という名はなかったことを伝えた。晶さんはさすがに憤慨していて、獣のように唸っていた。

「頭にきちゃって、裏辺って名前で詐欺師がいないかネットの記事も検索してみたんだけど、特に情報はなし」

晶さんは、とりあえず警察に通報すると言って電話を切った。一体、どうなっているのだろう。裏辺さんが詐欺師ならお金を騙し盗るつもりだったはずだが、彼はその前に自分から断りを入れてきた。うちの店に限って言えば、もらいすぎの額だ。

「……名刺のほとんどが嘘だったのなら、名前も嘘かもしれませんね」

考え込んでいた葵さんが、ぽつりと言った。

「じゃあ、裏辺という名前で捜しても、見つからない可能性が高いってことですか？」

おそらく、と彼は肯く。私は落胆したが、葵さんはでも、と続けた。

「もしかすると、本名がわかるかもしれませんよ」

葵さんは外に出ようと私を促し、白衣を脱いだ。ふわりと風が起きて、仄かに太陽の匂いが香った。

葵さんが立ち止まったのは、商店街に一軒だけ建つ歯科医院の前だった。「草野《くさの》医院」という、その名の通り草野さん一族が代々院長を務めている医院だ。今の院長で、三代目だったはず。私も子供の頃は、何度かお世話になった。

「そういえば、晶さんが裏辺さんに紹介した歯医者って、ここですよね」

私は初めて晶さんのお店を訪れた時を思い出して言った。

「ええ、その通りです。では、治療を受ける時に必ず出すものは？」

「保険証！」

私はようやく葵さんの意図に気づいた。保険証を出さざるを得ない状況なら、名前を偽ることはできない。

「彼が他人の戸籍を買うとか手の込んだことをしていない限りは、本名がわかるはずです」

葵さんはレトロな造りの、レースのかかったガラス戸を開けた。

「あら、立葵くん。茉莉ちゃんも、久しぶりね」

受付にいた女性は、草野院長の奥さんで事務を担当している美枝《みえ》さんだった。

「お久しぶりです。志野さんのこと、ご存じだったんですね」

葵さんが歯の治療に通っている様子はなかったので不思議に思って聞くと、非常に明快な答えが返ってきた。

「オープンの前日に、わざわざご挨拶に来てくれたのよ。若くてイケメンだもの、覚えてるに決まってるじゃない。うちには熊さんみたいなのしかいないからさ」

眼福眼福、と美枝さんは大仰に拝む仕草をした。私の立っている場所からはちょうど奥の治療室にいる院長が見え、悲しげに揺れる熊のように円《つぶ》らな目とばっちり合ってしまった。非常に気まずい。

一刻も早く用を済ませたいが、患者さんの情報をそう簡単に教えてくれるだろうか。私は気を揉んだが、葵さんは流れるように嘘をついた。

「実は、ちょっと困ったことがありまして。お客様が傘を忘れて帰ってしまったのでお返ししたいのですが、お名前を控えていなかったので、こちらからは連絡の取りようがないんです。確か、少し前にカフェ Au Soleil の矢後さんの紹介でこちらに治療に来られたと聞いたのですが――」

美枝さんは思い当たったのか、若い男の子よね、と頷いた。

「もしまたこちらにいらしたら、うちにも寄るように言っていただけますか」

次の予約が入っているか、美枝さんはカルテを調べてくれた。

「あら、もう治療は一段落してるみたい。うちから連絡しちゃう？」

「いえ、そこまでは……。本来の目的以外で個人情報を使うと問題になるかもしれないですし。あ、でも、お名前だけこっそり伺っておいても良いですか。違う人に渡してしまうといけませんから……」

「それもそうね。えーと、名前は瀬崎望《せざきのぞむ》さん。三十五歳。あら、もっと若いかと思ったけど、意外と上ね」

葵さんも詐欺師の才能がありそうだ。ちょっとだけ、葵さんが怖くなった。

店に戻った私たちは早速、瀬崎望という名をインターネットで検索した。ヒットしたのは二年前に起きた事件の犯人の名で、記事を見る限り、まだ逃亡中のようだった。上司を突き飛ばして重傷を負わせ、社内にあった金を奪ったという。詐欺師として指名手配されているわけではなかったようだ。

「別人の可能性もありますけど、裏辺さんの正体がわかったこと、通報すべきですよね……」

私は逡巡していた。美味しいパスタのはずだが、緊張のせいかあまり味が感じられなかった。恐れているのは裏辺さんではない。もし警察が来て、一応この店も調べるということになったら、大変なことになる。傷害や強盗事件も目じゃない、大騒ぎに。

しかし、警察が来たのは私たちが通報するよりも先だった。刑事というよりは爽やかなラグビー選手のような男性で、スーツのジャケットがパンパンになるくらい肩幅が広かった。

「実は少し前から、指名手配犯がこの近くに出没していることがわかりましてね。この人物ですが、見覚えはありませんか」

大山《おおやま》と名乗った刑事は、私たちに裏辺さんの写真を見せた。葵さんが頷き、晶さんの店とのコンサルティングの話や、香水の注文があったことを話す。大山刑事は大きな目をかっと開いて、手帳にメモを取った。

「なるほど、先ほど詐欺の被害に遭ったという女性からの通報もあったんですが、それがこの裏辺、もといい瀬崎ということですな」

メモを取り終わった大山刑事は、丁寧に頭を下げ、私たちに礼を言った。

「瀬崎を見かけたら、ぜひご一報ください。もちろん、あなたたちには迷惑がかからないよう配慮しますので」

大山刑事は忙しなく店を出て行く。ショーウィンドウ越しに、大きくガッツポーズをしたのが見えた。ドアを隔てても聞こえるくらいの大声で、今日こそ捕まえるぞ、と意気揚々に電話をしていて、私と葵さんは小さく笑った。二年前から追っているとしたら、力が入るのもうなずける。

いつの間にか勝手口のドアから光が差し込んでいた。雨が上がったのだ。刑事さんたちの捕り物も、やりやすくなるだろう。私には裏辺さんが暴力を振るってお金を奪うような人には見えなかったが、名前と一緒に性格も偽っていたのなら、そういうこともあるのかもしれないと思った。

「晶さん、きっとショックですよね。今日会いに行ったのだって、文句を言うためじゃなくてまたお店に来てほしいからだったんですよ。そんな人を騙すなんて……」

私はぷりぷり怒りながら、葵さんに今朝の晶さんとのやり取りを詳しく話した。普段なら聞こえるはずの相槌がなく、不思議に思って振り返ると、葵さんは窓のほうを見てなんだか難しい顔をしていた。

「葵さん、どうかしましたか」

葵さんは難しい顔のまま、心配ですね、と呟いた。

「茉莉さん、矢後さんに連絡を取ってもらえますか。もしかすると——」

突然デニムのポケットの中が震え、私は情けない声を上げた。なんのことはない、入れていたスマホが鳴っているだけだ。

「あ、噂をすれば、また晶さんですよ」

私は表示された晶さんの名前を葵さんに見せ、そのまま電話に出た。

「——もしもし、茉莉ちゃん？　出たの、出たのよ！」

晶さんはひどく慌てていて、まるでお化けにでも会ったような言い様だ。

「出たって、何が？」

「あいつよ、裏辺。店の最寄駅まで帰って来たらなんと、ヤツがいたわけ。でも、顔を合わせた途端逃げようとしたから、思わずアレを吹きつけてやったの」

「アレ？」

「『お日さまの匂い』よ」

うーん……葵さんが想定したお守りの使い方ではない気がする。

「すぐにもう一度通報したから、捕まるでしょうけどね。精々、お日様の匂いをまき散らしながら逃げ惑うがいいわ」

悪役のような口調で彼女は言った。どんな顔をしているのだろうと、私は心配になる。必死に強がっているように、私には聞こえた。

「茉莉さん、矢後さんが今どこにいるか、聞いてもらえますか」

私は質問の意図がわからず首を捻ったが、晶さんにそのまま伝えた。店の最寄駅だという答えを、伝言ゲームのように、今度は葵さんに伝える。

「では、無事に帰れそうか聞いてください。必要なら、迎えに行きます、と」

やっぱり、意図がわからなかった。でも、晶さんは違うようだった。

「あー……ばれてたか。鋭いわね、志野くん」

「ばれてたって、何が――」

その時、ドアベルが鳴ったので、私は反射的に振り向いた。そして、固まった。

「裏辺さん……!」

しょんぼりとした顔で、彼が立っていた。大事そうに、大判の封筒を抱えて。

「あの、お願いがあるんです。これを、矢後さんに渡していただけないでしょうか」

浦辺さんは私に、封筒を差し出した。とっさに躊躇した私を見て、悲しそうに眉を下げる。

「僕の起こした事件のこと、ご存じなんですね……」

言葉の出てこない私に代わり、葵さんが言った。

「つい先ほど、警察の方がいらしたんです。ともかく、こちらへどうぞ。そこだと、外から見えてしまいます」

裏辺さんは素直に従い、私たちのいる店の奥まで来た。

「二年前のことは、本当にあなたが？」

穏やかそうな裏辺さんを前にするとどうしても信じられず、私は尋ねた。

「上司を突き飛ばしたのは、僕です。あの時は上司と僕と女性社員の三人で、残業をしていました。彼が女性社員にセクハラ行為を始めて、それを止めようとしたら、弾みで。上司が頭を打って気を失ったのを見て、怖くなって逃げました。でも、お金は盗んでいません。おそらく、その女性社員が僕のせいにして金庫から持ち出したんでしょう」

「それなら、冤罪じゃないですか」

裏辺さんは力なく首を振った。

「怪我を負わせたのは確かですし、お金のことも、信じてもらえるとは思えません。だから、逃げました。名前を変えて、人が多くて紛れられそうなところをうろうろしていました。『裏辺』は、三つ目の名前です」

「どうしてあの日、わざわざ僕らに名乗ったんですか。偽名だとしても、知られないほうが安全ですよね」

「それは……出来心というか。自分でも、馬鹿だなあと思いますけど」

裏辺さんは眼鏡の奥の目を細めて、苦笑した。

「あの時、みなさん名前の話をされていましたよね。名前を知ったら距離が近づく気がする、と言っていたのを聞いて、彼女……矢後さんに、僕の名前を知ってほしいと思ったんです。コンサルティングの話を持ち出したのも、もっと親しくなれればという下心からでした。初めは見ているだけで満足だったはずが、どんどん、欲が膨らんでいって……」

裏辺さんにとって、晶さんは特別な人だったのだ。だから、危険を冒してでも近づこうとした。

「雨の日はずっと、嫌いでした。頭が痛くなって、何もする気が起きなくなるから。でも、あのお店を見つけた時から、少しだけ、好きになれたんです。僕の、居場所だと思った。雨の日だけ開くなんて、まるで僕を元気づけるためにあるような店じゃないかって」

「でもあなたは、突然嘘をつくのをやめた。それは、どうしてですか」

葵さんの問いかけに、裏辺さんは一言、ホットケーキですと答えた。

「僕も子供の頃、よくホットケーキを作ってもらいました。母は仕事でいなかったので、姉ですけど。矢後さんが作っている姿が、もうずっと会っていない、姉の姿に重なりました。その時、気づいたんです。偽物の名前で生きていくことは、過去の『瀬崎望』の人生を捨てること。大好きな家族がいたことも、あったかいホットケーキを囲んだ幸せも、捨てることになると」

それはやっちゃいけない、このままではいけないと思いました、と裏辺さんは封筒をぎゅっと抱きしめて言った。

「僕はもう一度、親からもらった名前で生きていきたい。太陽の下を、堂々と歩けるようになりたい。だから出頭しようと思いました。でもその前に、どうしてもこれを矢後さんにお渡ししたくて」

「それは？」

「企画書です。僕なりに、矢後さんのお店をより良くするための案をまとめました。コンサルタント会社に勤務していたのは、本当なんです。まあ僕はいつも裏方のような感じでしたけど……」

裏辺さんはもう一度、封筒を差し出した。私は電話に向かって声をかける。

「ということですが、晶さん、聞こえてましたか？」

「ええ、ばっちり」

一部始終を晶さんに全部聞かれていたと知って、裏辺さんはわかりやすく動揺した。通話を切らずに、こっそり音声をスピーカーに切り替えておいたのだ。逃げようと踵を返そうとしたのが見えているかのように、晶さんは待ちなさいと鋭く言った。

「事情はわかったわ。ちゃんと会って受け取りたいところだけど……」

晶さんは歯切れ悪く言った。そういえば、彼女はどうしてまだ駅の中にいるのだろう。ここまで十分ほどあれば辿りつけるはずだが、歩いている様子はなかった。

「晶さん、もしかして、どこか具合が悪いんですか」

「うーん……悪いといえば、悪いわね。紫外線アレルギーって、聞いたことある？」

「初耳ですけど、紫外線を浴びると肌が荒れてしまったり……」

「肌荒れもあるし、ひどいと頭痛や吐き気がでることもあるの。まあ、死ぬほどではないんだけどね」

「じゃあ、雨の日にだけカフェをやっているのも、そのためだったんですね」

「そういうこと。出歩かないほうが楽だけど、気分転換したかったのよ。普段は、在宅でできる仕事をしてるの。アレルギーの件は、志野くんはすぐに気づいていたみたいだけどね」

さっきの無事に帰れそうか、という葵さんの問いは、そういう意味だったのかと合点がいった。

「矢後さんのお話を聞いた時、違和感があったんです。晴れている日にわざわざ、外に遊びに行かずに部屋でホットケーキを焼くということが。雨で外に出られないから、ということなら自然ですけれど。洗濯を自分でするなら、入院をしていたわけでもなさそうですし」

太陽への憧れと、憎しみ。私たちが初めて晶さんのお店を訪れた時、聞いた言葉だ。

「でも裏辺さんは今外に出ると捕まっちゃうかもしれないし、私がそっちに行くわ。さっきも言ったけど、死ぬほどじゃ――」

「ダメですよ！」

裏辺さんが叫んだ。

「僕なんかのために、無理する必要はありません。僕があなたのところまで行きます。渡せなかったとしても、それも僕が受けるべき報いだと思います」

「……わかった。ここで待つわ。……あ」

「あ？」

電話の向こうで何かあったのだろうか。耳を澄ませていると、しまったあ、という嘆《なげ》きが聞こえてきた。

「ごめん、裏辺さん。私のせいでアナタ、捕まるかも」

「えっ、ちょっと、どういうことですか？」

私は動揺して、晶さんに呼びかけた。あたふたする状況に拍車をかけるように、葵さんが言う。

「店の外に人影が。お客様かもしれません」

「裏辺さんこっちです、早く！」

私はカウンターの内側に裏辺さんを引っ張り込んで、一緒に屈んだ。ドアベルがガラガラと勢いよく鳴る。間一髪、セーフだ。

「いやあ、何度もすみません。ちょっとご協力を……おや、先ほどのお嬢さんは？」

「は、はい、ここにいます！　刑事さん、どうされたんですか」

私は慌てて立ち上がった。刑事と聞いて、裏辺さんが縮こまる。大山刑事は、先ほどより張りのある声で言った。

「実は、通報者の方が有益な情報をくださいましてね。こちらで作られた香水を、瀬崎にかけたそうなんです。つまり、その香水の匂いを辿れば、瀬崎がどこに行ったのかわかるわけですよ！　――ほら、この通り」

大山氏は外が見えるようにとドアを大きく開けた。賢そうなシェパードが、行儀よく座っている。晶さんが小声でごめーんと囁いていて、なるほどこれかと思った。

「それで、同じ種類の香水を、少し分けていただけないでしょうかね。矢後晶さんという方がお持ちの物です。こいつは鼻がいいので、ちょっと嗅がせてもらえば十分ですよ」

話題に出たのがわかったのか、警察犬が誇らしげに鼻を鳴らした。

「――ええ、もちろん協力させていただきます。こちらが、同じ香りのものです」

葵さんがにこやかに答え、小瓶を大山氏に渡した。

万事休す、という言葉が私の脳裏に浮かぶ。「お日さまの匂い」を嗅いだ警察犬が、一目散にこちらに向かってくる様子を想像する。裏辺さんは既に諦観《ていかん》の表情をしていた。大山刑事が礼を言い、店の外で早速警察犬に嗅がせている。その途端、犬の耳がピンと立った。

「おお、見つけたか？　行け、流星号《りゅうせいごう》！」

私は覚悟して、自分の襟元をぎゅっと握りしめた。

「……あれ？」

流星号は大山刑事を引っ張り、商店街に戻っていった。葵さんがそれを見届けて、ドアを閉める。

「どうしてここに裏辺さんがいるのがばれなかったのかな……」

葵さんは持っていた香料の小瓶をカウンターに置くと、わざとらしく釈明した。

「つい〝うっかり〟、違う香料を渡してしまいました。よく見たら、バニリンだったみたいで」

「バニリン？」

「バニラの匂い成分ですね。お菓子に使われるバニラエッセンスや、バニラビーンズもこの匂いです」

蓋を開けて嗅ぐと、確かに甘いバニラの香りだった。

「でも、流星号はどこに向かって……あ！　今の時間は――」

時計を振り返ると、午後三時になろうとしていた。

「小熊堂《こぐまどう》の一日限定二十個バニラシュークリームが焼き上がる時間です！」

香り高いバニラビーンズを混ぜ込んだカスタードクリームが特徴の、絶品シュークリームだ。すぐに売り切れてしまうので、三時前から並んでいないとまず買えない。

「さて、彼らが小熊堂に行ったとすれば、駅とは反対側なので、今ならばったり遭遇することもないでしょう。少しですが、時間が稼げました」

どうするか問うように、葵さんはまだカウンターにへばりついている裏辺さんを見た。

「つまり、今急いで駅に行けば、矢後さんに会えるかもしれないんですね」

裏辺さんはさっと立ち上がり、封筒を抱え直した。今にも走り出しそうな彼を、私は引き留める。

「一応、顔を隠したほうがいいんじゃないでしょうか。警察の人は、さっきの大山さんだけじゃないかもしれません」

私は急いで離れに行き、大きめのジャージの上着を持ってきた。ほとんど黒一色で、フードがついている。封筒をお腹に隠し、フードをかぶって走れば、ランニングしている人に見える――と思いたい。

「そういうわけで、これから裏辺さんが行きますね、晶さん」

電話に向かって呼びかけると、威勢のいい声が返ってきた。

「よし、来い！　裏辺号！」

「――わ、わん！」

裏辺さんは店を出て、駆け出した。


私と葵さんは、裏辺さんの後ろ姿を眺めながら歩いていた。晴れてきたこともあり、商店街のメインストリートには人が増えてきたようだ。元々そんなに俊敏なほうではないのか、時々人にぶつかりそうになりながら、不器用に人を避けて走っている。

裏辺さんは商店街を抜け、下り坂に入る。公園の横を過ぎれば、駅はすぐそこだ。しかし人けが少なくなってきたところで、彼に視線を送る人が増えてきた気がした。さりげない風を装っているが、明らかに何度も見ている。

「葵さん、あの営業マン風の人とか、杖をついている人って……」

「ええ、裏辺さんを見ていますね。まずいかもしれません」

でも、と葵さんは言った。

「残念ながら、もう僕らが手助けできることはありません」

さすがに、これ以上何かしたら、私たちも捕まってしまう。祈るように、見つめるしかなかった。

裏辺さんが公園の前にさしかかった時、道端にいた男性や公園のベンチに座っていた男性が、徐々に彼と距離を詰めようとしているのが見えた。背後からも、近づく影が二つ。

今度こそ、絶体絶命だ。あと、少しだったのに。

「裏辺さん！」

どこからか声が聞こえてきた。晶さんだ。私は思わず立ち止まり、彼女の姿を探した。晶さんが、駅のほうから走ってくるのが見えた。紫外線から顔を庇うこともなく、全力疾走だ。晶さんの姿を見た裏辺さんは、ぴたりと足を止めると、羽織っていたジャージを素早く脱いだ。裏辺さんの顔が露わになり、周囲の警察官たちが色めき立つ気配がした。

しかしその時、彼の視線は晶さんだけに向けられていた。お腹に入れていた封筒が落ちるのも構わず、ジャージを晶さんに頭から被せた。私たちのいた場所からは、二人がどんな会話をしていたのか聞こえなかった。でも、確実に何か、言葉を交わしているように見えた。

二人が向かい合っていたのはほんの一瞬で、裏辺さんはすぐ警察の人に囲まれ、連れて行かれてしまった。残された晶さんは、ジャージを被ったまま、裏辺さんを乗せた車が去っていくのを眺めていた。

「は、瀬崎を確保？　もう終わっちゃったの？」

張りのある声に振り返れば、流星号を連れた大山刑事が電話に向かって叫んでいた。

「『裏辺号』のほうが、優秀だったみたいですね」

こっそり私が言うと、本当ですね、と葵さんもひっそり笑った。


大捕物が終わった夜、私たちはカフェ Au Soleil にいた。私と葵さん、そして晶さんの三人だ。開口一番、晶さんは深々と頭を下げた。

「皆様、お騒がせして申し訳ありませんでした」

晶さんはあの後、ジャージを被ったままの姿で店に戻ってきた。これから肌が赤くなりそうだとは言っていたが、吐き気などはないという。ひとまず、重症化していないようで安心した。

「お騒がせはどちらかというと裏辺さんだったので、大丈夫ですよ」

私のフォローに晶さんが確かにと返し、二人で笑った。

「なんだか、頭の中がごちゃごちゃよ。ただの悪い奴なら、こんなにモヤモヤしなかったのに」

晶さんはため息を吐き、テーブルに頬杖をついた。ぼんやり、遠くを見るような目をしている。

「私、あの人のことどう思ってたんだろう。どうなりたかったんだろう。『私は店を続けるからまた来なさい』って言っちゃったけど、そんな大した付き合いでもないじゃない？」

葵さんがハーブティーを啜りながらにこやかに言った。

「いいんじゃないですか、そんなに急いで感情に名前を付けなくても。待っている人がいるだけで、裏辺さんにとっては大きな希望だと思います」

「名前、か。あの時私たちが名前の話をしなかったら、こんな風に彼と関わることはなかったでしょうね」

晶さんは裏辺さんが抱えていた封筒から、分厚い紙の束を取り出した。

「どんだけ書いたのよ、あいつ。読むだけで一日終わるわ」

ぶつくさ言いながらも、文面を目でなぞる表情は柔らかい。

「ところで茉莉さん、このハーブティーちょっと苦すぎませんか」

「あ、やっぱりそうですか？　じゃあもう少しカモミールの比率を増やして……」

葵さんが珍しく、抗議するような目で私を見た。

「僕は実験台ですか？」

「す、すみません。頭痛に効くハーブを見つけたんですが、味がイマイチらしくて。研究中なんです」

「へえ、どれどれ……うわ、苦っ！　水、水……」

ひとしきり騒いで水を一気飲みした後、晶さんは私に言った。

「そっか、茉莉ちゃん、考えてくれてたのね。偏頭痛に効くハーブ」

ありがとう、とお礼を言われて、私はなんだか切ないような悲しい気持ちになった。晶さんが偏頭痛に効くハーブを探していたのは、裏辺さんのためだったと気づいたからだ。

「フィーバーフューというハーブです。カモミールなどをブレンドして、味を整えるのが一般的なんだそうです。カモミールの他にも色々ブレンドして、もっとおいしいものを作りますね」

美味しくブレンドできたら、再びこの店を訪れた裏辺さんに、効果を試してもらおう。晶さんの焼く、素朴なホットケーキと一緒に。そんな風にして、晶さんと裏辺さんの恋は始まる前に一旦幕を閉じた。

でも、私は思う。裏辺さんは雨の日限定の偏頭痛もちで、晶さんは紫外線アレルギー。これほどまで体質が合わないのも珍しい組み合わせなのに、二人は出会い、近づいた。葵さん流に言うなら、これも一つの強い〝縁〟というやつではないか。

二人の未来がどうなるのか見届けたいけれど、その時私はもう、Thé et Madeleine にはいないだろう。存外居心地の良い「雨宿り商店街」だが、ずっとここにはいられない。いてはいけない。せめて自分の意思で出て行く日を決められればいいと、そう願っている。

第4話

選ばれなかった香水瓶《フラコン》

その店の商品の条件は、《欠けたもの》であること。店主によれば、大きさも用途も問わないが、これだけは譲れないらしい。

「だって、物語があるだろう？　ここへ来るまでに、どんな人に触れ、どんな出来事を経験したのか。この箪笥《たんす》だって、中身は空っぽなんかじゃない。幾星霜《いくせいそう》を経て、いろんな人の想いが詰まっているんだよ」

店主の時任《ときとう》さんは年季の入った箪笥を撫でながら熱弁をふるい、私ははあ、と気の抜けた返事と共に店内を見渡した。私がいるのは、雨宿り商店街の入り口に立つ、「アンティークショップ　刻《きざむ》」。しかし実際のところは、リサイクルショップと名乗ったほうが近い。主な収入源は型落ちや一部欠陥のある家電製品だと思う。ただしこちらにも《欠けていること》という条件が適用されるので、まともな品は一つたりとしてない。その分、値段は安いのだが、さすがにつまみのとれたオーブントースターや弦のないギター、ドアの閉まらない冷蔵庫、蓋の留め金が折れた炊飯器などを買い求める客はいないだろう。

私も、期待せずに買い物に来たが、お目当ての物はなさそうだった。欲しいのは、店内に置く椅子だ。嬉しいことに店が繁盛し、香水のオーダーメイドの注文も増えている。少しお待ちいただく場合もあり、待ち合い用の椅子が、今の脚数では足りないこともあるのだ。

でも、この中から選ぶのは、ちょっと難しい。片方の肘掛けがない椅子、座面の中心が抜けた椅子、絶妙なバランス能力を要求する、足が二本欠けた椅子……。大事なお客様がひっくり返って怪我でもしたら、大変だ。

「どうかな、これなんて船ではるばるパリからやって来て……まあ、その途中の嵐で肘掛けが取れちゃったらしいがね」

「肘の置き所がない右腕は、どうしたらいいんでしょうね」

「左側に体ごともたれればいいさ」

「座面の真ん中が抜けている椅子は、クッションでも敷きます？　蒸し暑い季節にピッタリ」

「いや、そのまま使えば風通しが良くて快適だよ」

　馬鹿馬鹿しくなって、私は口を閉じた。嫌みにめげずににこにこしている時任さんには勝てそうにない。

　諦めて帰ろうとしたが、聞き覚えのある声が耳を掠め、頭が危険信号を発した。考える前に足は店の奥を目指し、片側の扉が外れたクローゼットの陰に身を隠した。やっぱり、《彼女》だ。私はクローゼット越しに店の入り口に目をやり、自分の危険察知能力を褒め称えた。

　店に入ってきた若い女性の名は、園城《えんじょう》美羽《みう》。私と同じ研究室に所属する、同期の学生だ。そして、私を魔女と呼んで嘲《あざ》笑った張本人である。華やかな容貌と明るい性格で、研究室のマドンナ的存在。社交的で如才なく振る舞うので男子人気は高いが、一方で気が強くわがままだったりして、女子からはあまり好かれていない。私の場合、自分とはタイプが違い過ぎるから、彼女のことは嫌いというほどではないけれど苦手だった。あんな出来事もあったので、彼女が近づいてくると体が勝手に逃げ出そうとする。

どうやら園城さんは、誰かの道案内をしているところのようだった。ここですよ、と笑顔で隣に立つ青年を見上げている。あの上目遣いはかなりあざとい、と私はクローゼットの陰で意地悪く観察していた。でも、男子はああいうわかりやすく女子力が高いタイプが好きなのだ。

「ありがとうございます。僕、すぐ忘れてしまうので、助かりました」

青年は爽やかな白い歯を見せて、丁寧に礼を言っていた。興味津々といった様子で、店内を見ている。数少ない、アンティークを見に来たお客さんのようだ。園城さんはそれを見届けて、店主にも軽く頭を下げて踵を返した。私はひとまずほっと胸をなで下ろし、数分待ってから店を出た。

そういえば、園城さんはここから私鉄で二駅ほど離れた駅が自宅の最寄だと言っていた気がする。聞いた時、ばったり出くわしませんように、と祈ったので覚えている。誰に対して祈ったか忘れたが、あいにく通じなかったようだ。

「葵さん、椅子ありませんでした」

店に戻り、「刻」にあった欠けた椅子の話をすると、葵さんはおかしそうに笑った。結局、ネット通販で目星をつけようということになった。

「あ、少し前、茉莉さんにお客さんがいらっしゃいましたよ」

「……もしや、園城さんという人ですか」

「ええ、そうです。どこかですれ違いましたか」

「見かけただけです。そして思わず隠れてしまいました……」

不思議そうな顔をしている葵さんに、私は打ち明けた。

「彼女なんです。私のことを魔女みたいって言ったの。私、学部生の頃から彼女が苦手で、今も話すの緊張しちゃうんですよね。たぶん、美人で明るくて、私が持ってないものを持ってる人だから、コンプレックスもあったりして」

なるほど、と葵さんは頷きながら聞いてくれた。

「人には相性がありますから、どうしても苦手に思う人はいますよね」

「葵さんにも、苦手な人っていますか？」

「もちろん。以前企業で働いていた時のことですが、香水一つ作るにも企画から販売までたくさんの人が関わりますから、中には苦手な人もいましたよ。ここが勝負だという時は、自分が決めた勇気の出る香りをつけたりしましたね」

そうすれば、自然とスイッチが入るのだと、葵さんは言った。

「じゃあ、私もそういう香りを一つ作ったらいいのかもしれないですね。うーん……やっぱりジャスミンの香りかな」

「今度、作ってみましょうか」

「本当ですか？　嬉しい！　一度、葵さんに香水を作っていただきたかったんです」

お客様とのやりとりを隣で見ていれば、彼がどんなに素晴らしい香水を作っているのか、よくわかる。自分もいつか、と思っていたのだ。

「でも、園城さんも強気で乗り込んできたわけではなかったので、そんなに気を張る必要はないかもしれませんよ」

いいえ、きっと彼女は猫を被っていたんです、葵さんがイケメンだから。と思ったけれど、こんなことを考えていると知られたら、可愛くないと思われてしまう。口には出さなかった。

「刻」で見かけた青年に再び会ったのは、それから一週間後のことだった。カフェAu《オ》 Soleil《ソレイユ》の隣、ずっとシャッターが下りていた画廊の前だ。今日はシャッターが上げられ、引っ越し業者の名前が入った段ボール箱が、中に積み上がっていた。玄関前で荷物の梱包を解いている青年と目が合い、私は尋ねた。

「こんにちは。ここ、前は画廊でしたよね。再開するんですか」

青年は少年のような屈託のない笑顔で答えた。

「ええ、前とは少し違うみたいですが、期間限定のギャラリーになります。若手作家が、かわりばんこで作品を置く予定で、第一弾は僕なんです」

「もしかして、絵を描かれるんですか」

梱包材に包まれたものは平たく四角い形が多かったので、ピンときた。

「水彩画が一番多いですが、版画も彫刻もやったりしますよ。思いついたら、なんでも手を出したくなるんです」

　彼はわざわざ絵を持ってきて、見せてくれた。水彩画はどれもセピアがかっていて、ノスタルジックな雰囲気だった。蓄音機とレコードプレーヤーの置かれた居間の風景や、ダムの底に沈んでしまった町のかつての風景など、失われつつあるもの、失われたものがテーマになったものが多い印象だ。私がそれを口にすると、青年は嬉しそうに頷いた。

「はい、僕のテーマは失われていくものを描くことなんです。それはつまり、僕自身を描いているようなものなんですけど」

　どういう意味だろう。興味が湧いて聞こうとした時、背後からピンク色の綿菓子みたいな声がした。

「わあ、素敵な絵！」

　ああ、せめて葵さんの香水が完成するまでは、会いたくなかったのに。私は自分の運のなさを呪った。

　しかし予想に反して、園城さんが私を見ることはなかった。画家の青年に夢中で目に入らないのか、彼女限定で私は透明人間になってしまったのか。ともかく、彼女は女子力をいかんなく発揮した笑顔を青年に向けていた。絵を大げさなくらい褒めながら、すかさず青年の名前を聞き出す。彼は藤久創太《ふじひさそうた》といい、本名で作家活動をしているという。

　園城さんは藤久さんとお近づきになろうとしているようだが、私はそこで違和感を覚えた。彼女がまるで、初対面のように藤久さんに接しているからだ。ほんの一週間前、彼女は藤久さんの道案内をしていた。藤久さんはまだ気づいていないようだが、話せば、ああ、あの時の、と話が弾むはずだ。

さて、取り残された私はどうするべきか。このまま立ち去りたかったのだが、二人の会話は早々に落ち着いて、園城さんはくるりとこちらを振り返った。

「久しぶり、元気だった？」

「うん、久しぶり……」

彼女と向き合った途端、緊張が襲ってきた。

「今、時間あるなら、ちょっと話せない？」

お店の手伝いがあるから、と答えれば逃げられるかもしれない。でも、今の時間帯はそんなに混んでないし、時間はないわけではない。私はどう返事をするか迷って、襟元をぎゅっと握った。

その時どこからか、馴染み深い香りがした。ジャスミンの花の香り。でも、これはいつもの香水の香りとは違う。光のような眩しさと、包まれるような甘さ。そして甘いだけじゃなく、キリリとした瑞々しい香りが全体を鋭く貫いている。頭がクリアになって、明るく背中を押してくれる香りだ。気づけば、自然と笑みを浮かべていた。

「じゃあ、うちのお店で良い？　あと、わざわざ来てくれてありがとう。こっちに父の店があるの、覚えてくれてたのね」

園城さんはちょっと虚を衝かれた様子で目を瞬かせてから、プイと横を向いてしまった。

「べ、別に、真中さんがアパートにいなかったから、あとはお店くらいしかないと思っただけよ。家も近かったし」

ぶっきらぼうに言ってさっさと歩き出してしまったので、私は慌てて彼女を追いかけた。店のドアを開けると、葵さんがお帰りなさいと出迎えてくれた。園城さんを見ても驚いた顔は見せず、彼女に笑顔を向けた。

「茉莉さん、それ預かりますよ」

葵さんが指さしたのは、肉やら野菜やらが入ったビニール袋だった。ああ、すっかり忘れていたが、買い物の帰りだった。

「すいません、表から入ってしまって」

普段は裏から、お客さんに見えないように入っていたのだが、動揺していたのだろう。

「気にしないでください。どの道、お客様も今はいないですし」

私からスマートに袋を受け取ると、葵さんは二階のキッチンに行ってしまった。園城さんと二人きりで残されてしまって、とりあえず、パーテーションで仕切った一角に彼女を案内する。普段は、オーダーメイドの香水を注文するお客様のための場所だ。

「あ、ええと、お茶とか」

「お構いなく。すぐ帰るわ」

私は立ち上がりかけた姿勢のまま固まり、椅子に戻った。ぼそりと何か聞こえた気がして顔を向けると、だって、と園城さんは肩を落として呟いた。

「私の顔なんて、見たくないでしょ？」

もしかして、園城さんも、緊張しているのだろうか。声が少し、掠れていた。こんな風に、傷つかないように先回りをして自分を卑下するところなんて、見たことがなかった。私なんかじゃ、彼女を傷つけられるはずもないのに。

「……なんとか言いなさいよ。……いえ、言わなきゃいけないのは私ね」

園城さんは椅子を引いて立ち上がり、頭を下げた。

「ごめんなさい。あなたを『魔女みたい』って、嗤ったこと。私、あの時、本当にむしゃくしゃしてて……ううん、そんなのただの言い訳だわ。真中さんにひどいことを言ったのは、確かだもの」

おそらく謝ることに不慣れな彼女が、必死に謝罪をしようとしている姿を見ただけで、私はほとんど彼女を許してしまっていた。今までも似たようなことはあったのだけど、忘れてしまうほどに。

「確かに、ショックだったけど。でも、笑われたことはたぶんきっかけにすぎなかったの。研究室に行かなくなったのは、なんだかやる気がしなくなっちゃったからで……。だから、もういいよ。ちゃんと謝ってくれたから、これでおしまい」

少し時間が経った今なら、冷静に自分の心を見つめることができた。あの一件はただの口実で、私はずっと、逃げ出したいと思っていた。先の見えない研究を続けることと、「開かずの間」に眠る秘密を守り続けること。その両方が圧《の》し掛かってきて、もう限界だった。だから手っ取り早く、片方をやめてしまったのだ。自分の問題なのに、園城さんをだしに利用した私にも、非はある。

「……ありがと」

　園城さんは小さく呟いて、ぎこちない動きで椅子に座り直した。変な話だけど、彼女も同じ人間なのだ、と思った。私と同じように悩んで、人を傷つけてしまったら、後悔して。気づいてしまえば、彼女に抱いていた苦手意識が少しましになった気がした。ちょっと笑って、冗談交じりに付け足す。

「あとね、あれもショックだった。穂積くんが一緒になって笑ってて、全然擁護してくれなかったでしょ」

「ああ、穂積ね」

　普段は穂積くーん、と甘い声で呼んでいたはずだが、今のは甘さのかけらもなかった。

「あいつ、一見優しそうだけどさ、あれって実は自分の意見がないだけっていうか。その場のノリでなんでもはいはいって聞いて、一切否定しないのよね。別れちゃえば？　真中さんには、もっとちゃんとした人がお似合いだもん」

　続いた言葉もずいぶんと辛口で驚いたが、納得できる指摘ではあった。

「……そうだね。別れようかな」

　それが良い、と園城さんは百戦錬磨の顔で頷いた。

「じゃあ今度は、園城さんの話も聞かせて。むしゃくしゃすることがあったのよね」

園城さんは目を見開いて、本日二度目の虚を衝かれた顔をした。

「真中さん、そんなキャラだっけ。なんか、パワーアップしてない?」

「そうかな、自分じゃわからないけど」

もしかすると、あの香りのおかげかもしれない。頭の中がクリアになって、今まで恐れていたものが、実はそう深刻に考える必要のないものだと気づいたのだ。しばらく大学から離れたことで、冷静になって、視野を広げることもできた。

「……親と、みやじい以外には、話してないんだけど」

園城さんは、ぽつぽつと、話し始めた。ちなみにみやじいとは、我が研究室のボス、宮《みや》地《じ》教授のことだ。退官間近の白髪のお爺さんなので、学生たちは隠れてそう呼んでいる。

「私、就職の話があったんだけど、むこうの事情でダメになっちゃってさ。もう大学辞めるつもりでいたから、研究を続ける気力もなかったし、企業でやりたい仕事ができるってわくわくしてたのに、それもなくなっちゃった。真中さんみたいに、誰にも迷惑かけずにちょっと休めばよかったんだけど、つい八つ当たりしちゃったんだ」

「でも、それはショックだよ。誰だって、絶望しちゃうと思う」

園城さんはちらりと、恨めし気に私を見た。

「しかも、同期の誰かさんは、着々と結果を出してるじゃない? みやじいにも気に入られてるし。私はもともと、そんなにデキるほうじゃないのをうまくごまかしてきた感じだから」

「そうかな、園城さんだって、十分気に入られてない？　ラボの後輩だってみんな――」

「それは、私を怒らすと面倒だからよ。好かれてるわけじゃない。だって、真中さんが来なくなってから、みんな陰では私のせいだって言ってるもん」

園城さんに、こんなネガティブな面があるとは思わなかった。いつだったか、みやじいは彼女を、「鎧を着たミーアキャット」みたいだ、とよくわからないたとえで表現していたことがある。あれはつまり、常に危険を察知しようと気を張っていて、自分が傷つかないように虚勢を張っているという意味だったのかもしれない。

「だから、真中さん、戻って来てくれない？　このままだと居心地が悪いのよね」

最後の余計なひと言も、彼女の虚勢に違いない。私はむしろ微笑ましく感じた。

「うん、私も、ずっとこのままじゃいけないと思ってる。でも、もうちょっとだけ、時間がかかりそうなんだ」

園城さんはわざわざ会いに来てくれたし、みやじいも週に一回はメールをくれる。彼らの気遣いはとてもありがたいけれど、それが正直な私の答えだった。

「そっか……まあ、そうよね。学園ドラマじゃないんだから、はい明日から行きます、とはならないわよね」

園城さんは一人で呟いて、納得していた。ふと、何か思いついたのか、にやりと笑って私を見た。

「それとも、戻りたくないのはあの人がいるからかしら？」

〝あの人〟が葵さんを指しているのは明らかだった。一旦落ち着いた心臓が、また暴れ出す。

「……違うよ。私はただのアルバイトだから」

「でも、一人暮らしの家のほうじゃなくてほとんどこっちに入り浸ってるんでしょ」

入り浸っているどころか、暮らしている。部屋は離れを使っているし、二人でいても男女の雰囲気になったことはないのだが、状況だけ話せば園城さんがにんまりするのは確実だった。

「私の性格だと、意識してる人とずっと二人でいるなんて無理だよ。緊張して話せなくなるもん。それに、穂積くんにも不誠実だし」

自分では本音を口にしているつもりなのに、言い訳がましく聞こえた。どうしてだろう。答えはほとんど出ていたけれど、今はまだ、向き合う気持ちにはなれなかった。

私の態度をどう思ったのかはわからなかったが、園城さんはふうんと呟いただけで、それ以上の追及はしてこなかった。

「でも、穂積と比べたら百倍良いじゃない。というか、比べるのもおこがましいわ」

園城さんの言葉はいっそ気持ち良いくらい辛らつだ。でも、言いたいことはわかった。

葵さんは仕事ができる大人で、見た目も良くて、包容力もある。つまりは世の女の子の理想なのだ。でも、理想を具現化した人を前にして、気後れせずにアタックできる女の子はどれだけいるだろう。少なくとも私は無理だ。彼と釣り合う自信も、横に並ぶ勇気もない。

それこそ、おこがましいというものだ。

「じゃ、じゃあ、園城さんは？　今の彼とはうまくいってるの？」

園城さんは首を傾げ、不思議そうに、今の彼、と呟いた。

「去年のクリスマスの後に別れてからは、誰とも付き合ってないわ。……まあ、狙ってる人はいるんだけど」

園城さんはそこでなぜか、寂しげな顔になった。

「絶対大変だし、諦めたほうが良いのはわかってるんだけど、諦めきれないのよね」

百戦錬磨の彼女が言うならば、相当に難しい相手なのだろう。まさか、道ならぬ恋、というやつだろうか。


店の入り口で帰っていく園城さんの後ろ姿を見送っていると、いつの間にか葵さんが隣に立っていた。

「……私、ちょっと構えすぎていたかもしれません。案外大丈夫でした」

良かったですね、と葵さんは息を吐いた。もしかして、葵さんも緊張して見守ってくれていたのだろうか。大げさに悩んでいた自分が恥ずかしくもあり、嬉しくもあった。

「ばったり会った時は逃げ出したくなったんですけど、園城さんと会った時、どこかからジャスミンの香りがした気がして。あの香りのおかげで、ちょっと勇気が出たような
……」

あれは、どこから漂ってきたのだろう。園城さんの香水ではなさそうだった。どこかの店からだろうか。

「園城さんにも、香水を勧めてみようかな。好きな人がいるけど、難しい恋みたいです」

「そういうことでしたら、僕も協力しますよ。彼女には、華やかな香りが似合いそうですね」

葵さんの一言で、私は決めた。勇気のおすそわけだ。彼女の力になりたいだなんて、今朝までは想像もしなかったことだけど、わくわくしている自分がいた。


藤久さんの個展が始まった日は、ちょうどお店の定休日だった。私は葵さんと共に「雨宿り商店街」を数十メートル歩き、ギャラリーを訪れた。

「どうぞ、見て行ってください」

藤久さんは自らドアを開け、私たちを迎えてくれる。

「あ、この絵、この間見せていただいたものですよね。こうして額に入っていると、印象が変わってまた素敵ですね」

私が褒めると、藤久さんはなぜかすみませんと謝った。

「僕、すぐ忘れてしまうんです。少し前に、高いところから落ちたせいらしくて」

彼はちょっと気まずそうに、私たちにチラシを見せた。

〝刹那を生きる芸術家〟と大きく書かれたその下に、彼がある病気——前向性健忘《ぜんこうせいけんぼう》——を抱えていると説明があった。高所から転落し頭を打ったせいで、その後は記憶が一定期間を経ると消えてしまうようになったという。道案内をした園城さんのことを次に会った時覚えていなかったのも、それが理由だったのだ。

「だから、お会いした人のことも覚えていられなくて。でも、今のあなたのお話だと、個展の準備中にお会いしたということですよね」

私は肯き、自分が近くの香水店で働いていることと、五日ほど前にここで作品を見せてもらったことを話した。本人の目の前で説明するのは、なんだか不思議な気分だった。

「香水……あの、もしかして、これを置いていった方でしょうか」

彼はポケットに手を入れ、取り出したものを私に見せた。掌に載っているのは、素焼きの植木鉢の欠片のようだった。

「いえ、私ではありませんけれど……香水と何か関係が？」

「ギャラリーが開く前――僕が手帳に書いたメモによると一昨日なんですが――来てくれた女性が、お花と一緒にくださったようなんです。花とは違う香りがしたので、香水の香りかなと思ったんですが」

私はギャラリーの奥にある花瓶に目をやった。とりあえず干からびないようにという感じで、包装紙が巻き付いたままの花が活けられている。花自体はブルーや紫などの寒色系でまとまった、落ち着いた雰囲気だ。どことなく寂しげでひっそりしたこの場所の空気と、よく合っている。その女性は以前から、藤久さんを知っている人かもしれない。

「この素焼きの香りを嗅ぐと、安らぐような浮き立つような、良い気分になります。この香りを置いていった人は、僕にとって大切な人に違いありません」

どんな香りなのか気になって、私も素焼きに残った香りを嗅がせてもらった。丸みを帯びた、仄かに甘い香り。花の香りを中心とするフローラル系ではないようだが、もうだいぶ香りが薄くなっていて、原型はわからなかった。

「手がかりがこれだけじゃ、捜すのは無理ですよね。待っていたら来てくれるかなあ……」

個展開催初日だというのに、藤久さんは浮かない顔でため息をついた。どうやら、恋煩いにかかってしまったようだ。

見かねたのか、今まで静観していた葵さんが提案した。

「よろしければ、うちで調べてみましょうか。香水の再現までなら、できるかもしれません。ブランドや商品名までは、さすがに調べるのが――」

大変、と葵さんは続けようとしたのかもしれない。言い終える前に藤久さんは身を乗り出した。

「はい！　ぜひお願いします。どんな小さな手がかりでもかまいません！」

こうして託された素焼きの欠片は、今、ビーカーの中にあった。有機溶媒《ゆうきようばい》に浸けられて、小さな穴から呼吸をするように、空気の泡を吐き出している。残った香水の成分を抽出しているのだ。

「そろそろ、良いと思います」

葵さんはビーカーの中の液体を一部取り、分析機器にかけた。GC／MS（ガスクロマトグラフ／質量分析計）という機器だ。気体の分離分析を行う装置で、サンプル中に含まれる成分を同定するのに用いられる。

「謎の女性の香水、わかりそうですか」

結果が表示されたパソコンを見つめる葵さんに尋ねた。機械で分析しても、それがどんな化合物かを判断するのは人間の仕事だ。何種類も香料の混ざった香水から各成分を探し出すなんて、素人の私でも難しいことは想像がつく。

「完全に再現はできませんが、だいたいの雰囲気はわかると思います。香水の世界ではアコードという言葉があって、これは複数の香料の調和を意味します。〝アコードがとれている〟と表現されれば、それらの香料がバランスよく調和していることを示します。世界で初めて複数の香料を合わせた香水は十四世紀、ハンガリーのエリザベート王妃に献上された『ハンガリーウォーター』とされていますが、それにはローズマリーとラベンダーの精油が使われたそうです。以来、調香師は長い間、香料の最適な組み合わせと量比を探し続けてきました。つまり、各系統である程度、基本のアコードが存在するわけです」

「じゃあ、そのアコードに当てはめて考えれば……」

葵さんは肯く。

「ええ、何種類かの成分が同定できれば、よほど奇抜な香料を使っていない限りは、その香水の本来の構成を予測することも不可能ではありません」

とはいえ、やっぱり大変そうなのは確かだった。葵さんはパソコンの前で集中しているので、スマホを出して藤久さんの名前をネット検索してみた。

藤久創太。出てくるのは、先ほど見た「刹那を生きる」などの、記憶喪失に関するキャッチコピーが多い。記憶を失っても芸術への情熱は失われなかった、であるとか、今しかない激情をぶつけた作品とか、作品の中身よりそちらにばかりスポットが当てられていた。

九年前に美大を卒業して芸術家として活動を始め、今年三十一歳。ネットの記事を見る限り、彼が前向性健忘を発症したのは一年ほど前のことらしい。世間に注目され始めたのは、どうやらそれからのようだ。大学卒業後から話題になるまでの七年間の情報は、まったく見つからなかった。

空白の七年間を、彼は何をして過ごしていたのだろうか。

「別に不思議でもないんじゃない？　単に売れてなかったってことでしょ。芸術家なんて、それだけで食べていける人は一握りでしょうし」

日曜日、ふらりと店を訪れた園城さんは、さらりと辛辣なことを言った。まあそうだろうな、と私も漠然と思っていたけれど。

「藤久さんも、とにかく目を止めてもらえなければどうしようもないから、記憶障害のことを宣伝に利用しているって言ってたわ」

「園城さん、前から藤久さんのことを知っていたの？」

「ええ、うちの最寄駅の広場みたいなところで、時々絵を売っていたから。気になって話をしてみたら、彼が脳に障害を抱えていると知ったの。あなたのこともすぐに忘れてしまう、覚えられなくて申し訳ないって言っていたわ」

藤久さんとギャラリーの前で会った時に、園城さんが先日の道案内のことをあえて口に出さなかったのは、そういうことだったのだ。園城さんは目を伏せ、葵さんが接客の合間に持ってきてくれたコーヒーに口をつけた。私のハーブティーにしないあたり、葵さんはさすがだと思う。

「健忘症といえば、昔聞いたことがあるのですが」

接客を終えてやってきた葵さんが、何かを思いついた顔で言った。いつもの、香りと世界が繋がる瞬間だ。

「健忘症で失われる記憶というのは、エピソード記憶とよばれるものだそうです。エピソード記憶はその名の通り、経験した出来事やその時の自分の状況、他人とのやり取りなど一連の記憶のまとまりを指します。藤久さんが園城さんといつ、どんな話をしたか、というのは、このエピソード記憶に当たるわけですね。これに対し、『手続き記憶』という経験を繰り返すことで形成される記憶は、自動的に思い出し、長期間保存されるそうです。自転車の乗り方とか泳ぎ方とか、もっと基本的なところでは言葉を喋ったり、食べたりすることなどですね」

体を動かすことや本能的な行動に近い記憶は、残りやすいということか。話を聞いて、一つ思い出した。

「藤久さんは、少し前にギャラリーに来た女性の印象を香りと結びつけていましたよね。その香りを嗅ぐと良い気分になるから、きっと自分にとって大切な人だって」

その人の名前や顔、会話の内容は、エピソード記憶として消えてしまうだろう。でも、香りにはたぶん、もっと漠然とした無意識下の感覚を呼び起こす力があるのだ。

私は園城さんにも、謎の女性のことや彼女の香水の復元を頼まれたことを話した。園城さんは身を乗り出して、葵さんに訊ねた。

「それでその香水は、復元できたんですか」

いつもと比べるとやや自信なげに、葵さんは一応、と答えた。

「大体の雰囲気ですが、作ってみました」

カウンターに置かれたガラスの小瓶には、香水がなみなみと入っていた。スプレーが上部についていない、フラコンと呼ばれるタイプの香水瓶。香水の色が透けて、黄色みがかっていた。どんな香りなのか聞きたかったが、今日はお客さんが多く、彼はまた応対に行ってしまった。

園城さんはフラコンを、ぼんやりと眺めていた。どことなくアンニュイな表情の彼女を見て、いつもは鈍い私のアンテナが、ピンと敏感になって受信した。

「もしかして、園城さんが好きになったのは、藤久さんなの?」

園城さんは、そうよとそっけなく答えた。

「でも、覚えてもらえないんじゃどうしようもないわ。一方通行の想いだけじゃ、恋愛はできないもの」

ちょっと照れくさそうに、園城さんは教えてくれた。

就職するはずだった企業から、断りの電話が来た日。期待していた実験の結果も悪い方向に予想を外れて、くさくさしていた日。宮地先生には報告したものの、家に帰れば両親にも伝えなければならず、気が重かった。最寄駅に着いて、いつもは素通りする広場で、偶然目に飛び込んできた絵の前で足を止めた。

「『夢』というタイトルの絵だったわ。ステージに綺麗な衣装の女の子が立っていて、ぱっと見ればすごく煌びやかな絵なの。でも、よく見るとシャンデリアは今にも切れそうな鎖で吊られていて、ステージは砂のように脆くなって端からサラサラと崩れ始めていた。でも女の子は幸せそうに、何も気づかず歌っている。そんな風に見えたわ」

気づいたら、涙を流していたという。何も知らず、閉じた世界に満足している女の子が、自分と重なって見えた。

「私は世間知らずの、頭に花が咲いた子供だったのよね。がんばれば報われて、願いはいつか叶う。口では現実は厳しいなんて言いながら、心の底では大丈夫って信じていた。でも、就職話ひとつで見事に裏切られちゃったわけ。で、彼はいきなり泣き出した私に引くことなく、慰めてくれたの。自分の、過去のことまで話して」

その日から、駅で見かけるたびに、園城さんは藤久さんと話をした。彼女のことを覚えていることもあれば、すっかり忘れてごめんねと謝られることもあった。

「でも、いつ会っても彼は優しいし、すごく勇気づけられたから、気にしなかった。彼は私に、今の悔しさは必ず糧になるって言ってくれたわ。成長できる私を、羨ましいと言った。数日ごとに〝リセット〟されてしまう自分には、決してできないことだからって」

逆境をバネにしろとか、苦しみを糧にしろとか、よく聞く言葉だけれど、藤久さんの言葉はたぶん普通よりずっと重いものだ。つらい経験も糧にして成長できるありがたみを、彼は実感として知っていて、園城さんに教えようとしたのだろう。

「いつの間にか、あの人のことが好きになっていた。あの人の特別になりたいって、思うようになった。でも、今のところ連戦連敗ね。やんわり、記憶障害があるからそういう気持ちにはなれないって言われちゃった」

なるほどそれは、非常に難しい「恋」だ。あちらにとってはほぼ毎回、初対面の人になってしまうのだから。たとえ彼女になれたとしても、いつまた忘れられてしまうかわからない。まるで、風船が膨らんで割れていくのをなすすべなく眺めるようだと思った。割れてリセットされたら、また初めから。何度も繰り返されるうちに、心が折れてしまいそうだ。

いつの間にか園城さんの目には涙が溜まって、今にも零れ落ちそうだった。私は慌てて、でも言葉が出ずにただあたふたしていた。

「……ごめんなさい、コンタクトがずれちゃったみたいだから、ちょっとお手洗い借りるわね」

園城さんは鼻声で告げて、店舗の奥にあるトイレに向かった。彼女はハードレンズを使っていて、目にゴミが入った時もあんな風に目を赤くしていたけど、たぶん今のは違うだろう。私は彼女に、うんとだけ頷いた。

そわそわしながら、私は葵さんと若い男性のお客さんとのやり取りを見ていた。大学生くらいの彼は、どうやら恋人へのプレゼントを選んでいるらしい。服装はあまりお洒落とはいえなかったし、香水のつけかたも今日初めて知ったような様子だから、この店に入るのは勇気が必要だったかもしれない。それでも恋人にプレゼントを贈りたい一心で、彼はやって来た……。そんな物語を妄想していたら、どこかからふわりと、オークモスを基調とした香水が漂ってきた。嗅いだことがないが、気分を落ち着かせる穏やかな香りだった。

「おまたせ」

園城さんが、化粧ポーチを手に戻ってきた。ほんの五分くらいだったが、彼女はすっきりした顔で鼻歌なんて歌っている。コンタクトレンズを使わない私にはよくわからないが、レンズの収納用らしい、黄色みがかった液体に満たされたケースをしまっていた。

「バイト中にゴメン、そろそろ行くわね。良い気分転換になったわ」

園城さんは葵さんにも挨拶代わりに笑顔を見せ、軽やかな足取りで店を出て行った。

ちょうど先ほどのお客さんが香水をお買い上げのタイミングで、私は商品を受け取ってレジを打った。この店では比較的高い価格帯の、華やかなフローラル系の香水だった。

「プレゼント用にお包みしますか」

お願いします、と彼はまだ少し緊張した表情で言った。私が包装紙でくるみ、リボンをかけるのを、食い入るように見つめている。包みを本当に大事そうに受け取ってくれるので、自然と笑みがこぼれていた。

今のお客さんが選んだ香水は、「The《ザ》 Florist《フローリスト》」。その名の通り、お花屋さんの纏う香りをイメージして葵さんが作ったものだ。花屋の中にいるように、多種多様な花の香りがする。薔薇や百合やジャスミン……集めた花びらを空に一斉に放り投げて、シャワーのように浴びたら、こんな香りになりそうだ。どの花も主張の激しそうな香りなのにきちんと調和しているところは、さすがの手腕である。

花屋、といえば。藤久さんの捜し人のことで思いついたことがあった。もしかすると、手がかりがあるかもしれない。

「葵さん、明日の朝、私ちょっと抜けても良いですか。藤久さんのことで……葵さん？」

カウンターに置いたままだった、復元された香水の入ったフラコンを、葵さんが手に取っていた。首を傾げていたので、何かあったのかと尋ねる。

「いえ、気のせいかもしれません。明日はあまり忙しくなさそうなので、大丈夫ですよ」

釈然としなかったが、私は私で明日のことが頭を占めていた。

　翌日私が向かったのは、商店街のメインストリートにあるお花屋さんだった。うちから歩いて、五分ほどのところにある。

　ちょうど、エプロン姿の友人が店先に出ているところだった。

「こんにちは、円花《まどか》ちゃん。仕事中にごめんね、ちょっと聞きたいんだけど……」

「フラワーショップ酒井《さかい》」の酒井円花ちゃんは、小学生の時に何度か同じクラスになった子だ。同じ商店会に入っている店の娘さんということもあり、父のことも知っている。何か手伝えることがあれば力になるよ、と父の失踪後すぐに言ってくれて、それ以降は顔を合わせてもわざわざ父の話を持ち出すことはない。優しいけれどさっぱりしていて、絶妙な距離感で接してくれる子だった。思い返せば小学生の頃も、私がグループに入れずに困っている時は呼んでくれたし、教室で本を読みたい時は近くで静かに絵を描いていた。私が緊張せずに声をかけられる、数少ない友達の一人だ。

「お、茉莉、久しぶり！　お店めっちゃ繁盛してるらしいじゃん」

円花ちゃんは歯を見せてにかっと笑った。愛想は良いが言葉遣いがこんな感じなので、よくお母さんに注意されている。

「うん、私はバイトだから大したことしてないけど、調香師さんがすごい人だから」

　挨拶もそこそこに、私は本題に入った。

「お店のこととはあんまり関係ないんだけど、人を捜してるの。一週間前にここで花束を買って行った女性なんだけど、円花ちゃん覚えてないかな」

「うーん、花束を買った女の人ってだけだと、たくさんいるからさすがにわかんないなあ。うちでお花を買ったのは確かなの？」

私は肯いた。

「受け取った人のところに、このお店の名前が入った包みが残っていたから。花の種類は青系が多くて、デルフィニウムとブルースターと……そうそう、トルコキキョウが多めに入ってたかな」

「あ、その人なら覚えてる！」

円花ちゃんは店のカレンダーを振り返り、一週間前なら間違いないと答えた。

「トルコキキョウってあんまり仕入れないんだけど、少し安く手に入りそうだったから、珍しく親父が店に入れたんだ。見栄えがするから人気があってさ、その女の人も気に入ったみたいで、多めに入れて花束を作ってほしいってオーダーだったんだ。青系でトルコキキョウ中心だったら、その人しかいないよ」

円花ちゃんと話していると、奥で聞いていたらしいお母さんがひょこりと顔を出した。

「一週間前って、落とし物があった日じゃない？　ほら、大五郎《だいごろう》が暴れた日。あたし、トルコキキョウを死守した覚えがあるよ」

何のことやら私にはわからないが、円花ちゃんも思い出したらしく、そうだと叫んだ。

「母さんが大五郎に、『こっちに来たらヒゲと尻尾引っこ抜くよ！』ってすごい剣幕でさ、お客さんもビビッてたからね」

「ヒゲと尻尾……大五郎って、猫？」

円花ちゃんのお母さんが、店先まで出てきて教えてくれた。

「ここら辺縄張りにしてる、ボスネコなんだ。額のところだけ黒いブチがあってね。そいつが新参者の猫を追い出そうとして追っかけまわして、うちの店に飛び込んできたんだよ」

「もう大変だったんだから。花びらが散って売り物にならなくなったり、鉢植え蹴飛ばして植木鉢も割れちゃったり」

確かに、それは大騒ぎだろう。しかしそこで、はたと気づいた。

「ねえ、割れた植木鉢の欠片、その花束を買った人にあげなかった？」

藤久さんのギャラリーにあった、香水のついた素焼きの欠片。あのカーブを描いている形は、植木鉢の一部ではないか。期待した通り、円花ちゃんは私がなぜそれを知っているのかと驚いた。

「店ン中がしっちゃかめっちゃかで途方に暮れたら、例の花束を頼んだお客さんが居合わせて片付けを手伝ってくれたんだ。片付けが終わった後にその人、この欠片を一ついただけませんか、って。こっちにとってはただのゴミだから、もちろんあげたよ。何に使うのかちょっと疑問だったけど、良い人そうだったし」

「言葉遣いも綺麗で礼儀正しいお嬢さんだったよ。でも、ちょっと浮世離れした感じだったわね。バイオリンっぽい楽器ケースを背負ってたし、音大生とかかしらねえ」

徐々に、謎の女性のことが明らかになってきた。歳は大学生くらいで。楽器を持っていた。ここで花束を買い、その足で藤久さんのもとを訪れた。その時に、偶然手に入れた植木鉢の欠片に香水を垂らして藤久さんのところに置いていったのだろう。

「実はその日、店を閉める時に封筒が落ちてるのを見つけたんだ。落としたのはその人かもしれないけど、一見さんだから私たちも返しようがなくて、ちょっと困ってるんだ」

「その封筒、見せてもらっても良い？」

円花ちゃんのお母さんが、すぐに持って来てくれた。封筒の表書きにあった名前を見て、私はあっと声を上げた。

「藤久創太様」と書かれている。差出人の名前はなかった。でも、この封筒の持ち主が青い花束を買った女性だということは、ほぼ確実になった。

「持ち主の人のことはわからないけど、ここに書かれてる藤久さんなら、すぐに渡せるよ」

今ギャラリーで個展を開いている画家だと話すと、酒井親子はぱっと明るい顔になった。

「実は、迷ったんだけど落とした人のことが何かわかるかもと思って、封筒の中身も見ちゃったんだ。そしたら、演奏会のチケットだったんだよ。たぶん、花束と一緒にその藤久さんて人に渡すはずだったんだね。お願い、すぐ渡してあげて！」

勢いに気圧されていると、円花ちゃんはにやりと笑った。

「だって、青いトルコキキョウの花言葉は、『あなたを想う』だよ。花屋としては、放っておけないじゃん？」

「そうだね。今から渡しに行くから、任せて」

封筒を受け取ると、私も失礼して中身を見せてもらった。円花ちゃんの言った通り、演奏会の文字がある。どうやら、室内楽のコンサートのチケットのようだ。入っているのは一枚だけだから、自分が出演するコンサートに藤久さんを招待しようとしていたのかもしれない。日付を見ると、次の日曜日だった。六日後だ。

まだ間に合う。私はほっとした。

思った以上の成果があって、私はほくほくしていた。このチケットを藤久さんに渡したら、きっと大喜びしてくれるだろう。捜している女性が出演者の中にいるとすれば、一気に近づける。私はほとんど走るようにして、「雨宿り商店街」に戻ってきた。ギャラリーの少し重いガラスドアを、勢いよく引き開ける。

「藤久さん！　花束を贈ってくれた人のこと、そこのお花屋さんで聞いて――」

ギャラリーの中に先客がいたことに気づき、声が尻すぼみになった。藤久さんが笑顔で話していた相手は、園城さんだった。

「聞いてください、真中さん。見つかったんですよ」

藤久さんはまだ、数日前に会った私のことを覚えているようだった。ニコニコしながら、こちらを見ている。

「見つかったというのは……？」

戸惑いながら、尋ねた。

「例の、花束をくださった女性です。なんと、彼女だったんですよ」

「彼女って……え、園城さんが？」

「園城さんがここにいらした時、香水の匂いがしたんです。嗅いだ瞬間に、わかりました。僕が捜していた人がつけていたのと同じ、あの香水だってね」

私は思わず、園城さんの顔を見た。彼女は頬を赤らめ、伏し目がちにはにかんだ。

「嬉しいです。私も、藤久さんのこと素敵だなって思ってたんですよ」

「素敵だなんて、そんな……」

目の前に立っているのは、どう見ても出来立てでアツアツのカップルだった。鼻に意識を集中させて匂いを探すと、彼女の髪から、オークモスを基調とした香りを感じた。確かに、葵さんが復元した香水と同じ香りだった。

でも、花束の贈り主は園城さんではないはずだ。彼女は楽器を弾かないし、演奏会のチケットを落としたとしても、私に一言話すだろう。これはどういうことなのか。

「真中さん、何か用があったんじゃない？」

園城さんに聞かれて、私はとっさにコートの左ポケットに封筒を隠した。

「ううん、また今度にするね。二人の邪魔するのも悪いし」

二人は顔を見合わせて、互いに照れ笑いを浮かべた。私はお邪魔のようだ。逃げるように、ギャラリーを出た。

「茉莉さん、何かあったんですか」

その日の晩、箸が止まった私に、葵さんが尋ねた。気づかぬうちに、ぼんやりしていたらしい。口に運んだつもりだった酢豚の人参が、皿にころりと転がっていた。

「ちょっと、どうすべきかわからないことがあるんです。藤久さんのことで」

「ああ、そういえば今朝、どこかに行かれるとおっしゃっていましたね。例の女性の件で、何かわかったんですか」

「わかったような気がしていたんですが、勘違いかもしれなくて……」

私はフラワーショップ酒井でのことと、藤久さんと園城さんの様子を話した。葵さんは口を挟まず聞き終え、難しい問題ですねと感想を漏らした。

「僕も、茉莉さんの考えているように、藤久さんが捜していた人は園城さんではないと思います。でも、それを指摘すべきかというと、どちらが正しいのか迷うところですね。花束の贈り主の女性は今のところ、一度しか現れていないようですし」

葵さんと同感だ。本物の捜し人と再会しても、藤久さんが望む展開になるとは限らない。彼女がどんなつもりで花束を持って現れたか、わからないからだ。花言葉を知っていたとしても、恋愛としての好意でなく、別の意味だったのかもしれない。それならいっそ、藤久さんを好いている園城さんと付き合ったほうが良いのだろうか。

「でも、嘘は嘘だし……いえ、当人たちが幸せならそれでも……」

葵さんは箸を置くと、ぶつぶつ呟く私に声をかけた。

「実は二週間ほど前に、SNS上で質問を受けたんです。『好きな人に、香りで自分を印象づけたい』という内容でした。相手の方は病気によって記憶が保てないけれど、香りなら記憶に残るのではないかと」

「え、それって……」

葵さんは頷いた。

「うちの店のアカウントを見つけたのは、この街を訪ねることに決めて、ネット検索をかけたからだそうです。もちろん藤久さんの個展が開かれると知ったからでしょうね」

「葵さんはそれで、どう答えたんですか」

「前向性健忘について少し調べて、香りが無意識下に記憶される可能性があるとお答えしました。でも、香りというのは時間が経つと消えてしまうので、形の残るものを一緒に贈ってはどうかと提案しました」

だから、謎の女性は香水の香りをまとい、花束を持って行ったのだ。しかし、花だって数週間もすれば枯れて、捨てられてしまう。私がそれを指摘すると、葵さんは少し考える素振りをしてから口を開いた。

「僕の印象では、人から拒絶されることを極端に恐れている方のように感じました。彼女が花束を選んだのは、〝特別な意図〟を勘ぐられない、個展開催を祝うには定番のプレゼントだからかもしれませんね。受け取るのを拒否されることは、まずないでしょう？」

藤久さんから相談を受けた時、その女性について葵さんは予想がついていたのだという。だからほんの少し手助けするつもりで、香水の復元を申し出た。

「藤久さんにいきさつを明かしてしまうと、彼女はかえって迷惑するのではないかと思いました。彼女がもう一度藤久さんを訪ね、その場で互いの思いを知ることができれば、それが理想的な再会です。ですから、彼女の記憶を保つためのお手伝いだけ、させてもらおうと考えました」

「なるほど。でも、そんな奥ゆかしい人なら、実際に藤久さんに会って話すのは、きっとものすごく勇気のいることだったでしょうね」

「僕もそう思います。落としてしまったようですが、チャンスがあれば演奏会のチケットも渡すつもりだったでしょうし。こちらは花束と違って、受け取ってもらえるかわからないですから……」

このままで、良いのだろうか。私の中に、迷いが生じていた。園城さんを傷つけたいわけじゃない。ただ、伝えられなかった想いがあると知ってしまった以上、放っておくことも、胸が痛むのだ。

「私が黙っていたら、藤久さんはずっと、その女性のことを思い出せないままですよね。恋焦がれていた相手が園城さんだと勘違いしたまま、毎日間違った記憶を思い出すんですよね」

昨日の続きは今日で、今日の続きは明日で。ずっとそうやって続いていくのが当たり前だと信じていたのに、藤久さんのような病気を抱える人には、その当たり前がないのだ。彼のもとに残る記録や周囲の言葉が真実か、彼には見極めようがない。それでも真実だと信じて、生きていかなければならない。彼にとって記憶は掌に掬い取った砂粒のように、あっという間に零れ落ちてなくなってしまうものなのだ。

「自分の記憶が失われるから、藤久さんは今はもうなくなってしまったものや、消える途中のものを題材に選ぶのでしょうか」

「彼の中の喪失感が、失われるものと結びつくのかもしれませんね」

葵さんの言葉に頷き返し、藤久さんの作品を思い浮かべる。

「失われることって、大抵は悲しくて、淋しいように思うんです。でも藤久さんの絵を見ていると、それだけじゃない、温かさのようなものを感じました。失われていく様子を、優しく見守るような目線です」

溶けていく氷像、崩れ落ちる廃墟の城、朽ちていく花……。生まれなければ、失われることもなかった。藤久さんも、病気にならなければ、見えない世界があった。私は彼の絵を通して、彼の見ている世界を見たのだ。それは思いのほかユーモラスで、美しい風景だった。

「藤久さんは私が心配したほど、絶望していないのかもしれません。それがわかって、少し安心したんです」

「……茉莉さんは、とても優しい方ですね」

葵さんは、目を細めて微笑んだ。

「僕の上司は、『香水は失われることで完成する』と表現していました。ご存じの通り、香水の成分は揮発していくものなので、使う人からすれば、つけた瞬間から失われ続けるということですよね」

トップノート、ミドルノート、ラストノート。そう名付けられてはいるけれど、確かに香水は、〝穏やかに失われ続ける〟ものだ。静かに席を立って退出する、オーケストラの奏者たちのように。失われて、最後には消えていく。

「消えたからといって、初めから何もなかったことにはならないですよね。香りは私たちの心や記憶に刻まれて、幸せな余韻が残ります」

「その通りです。消えてしまうものだとしても、決して無意味ではありませんよ」

藤久さんが描きたいものも、失われても残る何かなのだろうか。聞いてみたいけれど、本人にも、実はわからないのかもしれない。


私が意を決して園城さんに会うことにしたのは、チケットに書かれた日付の二日前だった。就活の都合で、午後に少し時間が空くというので、店に寄ってもらうことにしたのだ。今度はきちんと言わなければと、演奏会のチケットの入った封筒をテーブルに載せて彼女を待った。

「ごめんなさい、思ったより時間がかかっちゃって」

リクルートスーツで颯爽と現れた園城さんを、私はぎこちない態度で迎えた。

「話したいことって？　もうそろそろ、学校に復帰するの？」

園城さんは上機嫌だった。今後の展開を考えると胃がキュッと縮こまるような心地がしたが、引き延ばした分言い出しづらくなると、私は口を開いた。

「藤久さんが捜していた人は、園城さんじゃなくて、別の人だと思うの。藤久さんの個展が始まる前に、花束を彼に渡した人よ」

園城さんは瞬き、口の端を吊り上げた。

「あら、言ってなかったかしら。実は私、待ちきれなくてオープン前に行っちゃったの。だから、花を贈ったのも私よ」

「でも、その人は香水をつけていて……」

「だから、あの日に嗅いだ香りと私がつけてる香水が同じだったから、彼が捜していた人が私だってわかったのよ。本人が認めてるんだから、それが一番の決め手じゃない」

「……その香水が、偽物だとしたら？」

「どういう意味？」

園城さんの眉が、不快そうにピクリと上がった。

「藤久さんの捜している人の手がかりは、香水だけ。園城さんはそれに気づいて、葵さんが復元した香水をつけて、藤久さんのところに行ったんじゃない？」

「……つまり真中さんは、私が嘘をついて藤久さんを騙したって言いたいのね」

園城さんの剣幕に、私はたじろいだ。やっぱり怖い。でもここで、逃げたくはなかった。

「うん、園城さんは嘘をついてる」

私はまっすぐに、園城さんの目を見て言いきった。彼女の目は驚いたように見開かれ、あちらこちらに視線が泳いだ。

「じゃ、じゃあ、どうやって彼に香水の香りを嗅がせたの？」

「えっ」

「私が藤久さんに会いに行ったのは、このお店に来た翌日よ。もしこっそり香水をつけたとしてもそんなに長時間香りがもつわけないし、香水を持って帰る方法もなかったでしょ」

予想外の指摘に、私は混乱した。言われてみれば、その通りだ。香水の入ったフラコンはカウンターの上にあった。彼女は一度トイレに立ったから、こっそり持って行ってトイレの中で容器に移し替えることはできたはずだが、肝心の容器を持っていなかった。

返答に窮する私を援護するように、背後から静かな声が聞こえた。

「――コンタクトレンズの、ケースはどうでしょう」

少し離れたところから私たちを見守っていた、葵さんだった。

「そういえば、園城さんが戻ってきた時、黄色っぽい液体の入ったケースを見たような……」

「黄色の液体というのは、少々不自然ですね。普通、保存液は無色透明でしょうから」

しかも、あれなら蓋がついていてしっかり密閉できる。それによくよく思い出してみると、園城さんが戻った時、一瞬ではあるがあの香水と同じオークモスの香りを、私の鼻は感じ取っていた。

葵さんの言葉を、園城さんは顔を俯けて聞いていた。否定はしなかった。それでも、彼女は挑むように私たちに言った。

「……そんなに、いけないことなの？　初めは嘘でも、あの人の気持ちが本物になれば、きっかけなんてどうでもいいじゃない。だってどうせ、忘れちゃうんだから」

「園城さんは、それでいいの？」

「……私？」

伏せていた顔を上げ、園城さんは訝しげにこちらを見た。

「園城さんはずっと、彼を騙したことを忘れないよね。私はあなたを傷つけたいから言っているんじゃない。本当は、恋路の邪魔なんてしたくない。園城さんがすごく藤久さんのことが好きだって気持ちも、伝わるから。ただ、私は心配なの。園城さんは、平気な顔でそんな嘘をつき続けられる人じゃない。……でしょう？」

心臓が、口から飛び出しそうなほどバクバクしていた。でも、言うべきだと思った。だって、私は知っているから。嘘をつき続けることは、心がちょっとずつ削れていくようにつらいことだ。私と同じ苦しみを、彼女に背負わせたくなかった。

私は恐る恐る、彼女を見つめた。自分の気持ちはちゃんと言葉にできたけれど、園城さんには届いただろうか。

「……あーあ。やっぱり、ダメだったか」

大きく息をついてから、園城さんはおどけた風に言った。

「その通りよ。騙してでも彼を手に入れたら、それでうまくいくと思ったのに。全部望んだ通りになったのに。……なのに、どうしてこんなに苦しいの？」

園城さんは唇を噛み、必死に涙をこらえていた。酷だと思ったけれど、私は彼女に封筒を見せた。

「これ、花屋で預かったんだけど、彼女の落とし物みたいなの。中に、演奏会のチケットが一枚入ってる。楽器ケースを背負っていた人だから、たぶん、自分が出演する演奏会に招待したかったんだと思う。だから――」

「きっと、それを受け取った藤久さんが演奏会に出かけて、その後食事に行ったりして、付き合い出したりするんでしょうね。……どうしてよ？　どうして私じゃだめなの？　その人はたった一度、花束を持って現れただけなのに。私のほうが何度も会ってるのに。どうしてあの人は、振り向いてくれないの？」

どうして、と訴える園城さん自身も、その問いに答えがないことは嫌というほど知っているだろう。タイミング、巡り合わせ、もしくは運命。そんな風にごまかすしかないことも。かける言葉が見つからず、店内には重い沈黙が落ちた。

「園城さんは、藤久さんがどうして前向性健忘を患《わずら》うようになったのか、ご存じですか」

唐突に、葵さんが言った。園城さんは戸惑いを浮かべ答える。

「事故に遭って、頭を打ったとか……」

「いいえ。彼は自分の意志で、マンションのベランダから飛び降りたんです」

私も園城さんも、言葉を失った。

「渾身の一作を酷評され、一生、芸術家になることはできないと絶望したからだそうです」

私の脳裏に、藤久さんの名前を検索した時の結果が過った。空白の数年間。実績と呼べるものは何もなかった。でも彼はその間ずっと、必死でもがいていたのだ。

もがき続けることに疲れ、藤久さんは死を選ぼうとしたけれど、運よく助かった。そして皮肉にも、怪我による前向性健忘の話題性で、彼は注目されることになった。

「葵さんはどうして、藤久さんの事情を知っているんですか」

園城さんをちらりと見て、彼は答えた。

「藤久さんに会いに来た、女性から聞きました。実は昨日、ＳＮＳでその女性に連絡を取ってみたんです」

なるほど、その手があった。謎の女性がどこまで藤久さんと親しいのか未知数だったが、どうやらそれなりに近い関係だったようだ。

「彼女が藤久さんと出会ったのは、病院だったそうです。彼女の言葉を借りるなら、二人は『自殺失敗仲間』だった、と」

「じゃあ、その女性も……」

「ええ、最後のチャンスだったコンクールで失敗して、プロの音楽家になる夢が断たれてしまったのだと聞きました。今はセミプロのような形で、派遣社員として働きながら時々演奏をしているみたいですね。描いていた夢とは違うけれど、そんなに悪くないとおっしゃっていました」

彼女が藤久さんを誘ったのは、お互いに立ち直れた、もう私たちは大丈夫だと伝えたかったからかもしれない。二人は、絶望から生還した同志だったのだ。

「そんな〝物語〟があったんじゃ、私なんて絶対敵わない。どんな三流ドラマだって、私じゃなくて彼女がヒロインに選ばれるわ」

園城さんは肩をすくめ、寂しげに自嘲した。けれど、葵さんは穏やかにそれを否定した。

「彼女と園城さんのどちらが相応しいかなんて、決める必要はないと思います。ただ、彼女の思いをあなたにも知ってほしかっただけです。それを踏みにじる権利は、誰にもありませんよね」

その言葉に打たれたかのように、園城さんは息を呑んだ。目尻に涙を浮かべた彼女は、深く頭を下げ、震える声で謝罪した。

「……ごめんなさい。私、嘘をつきました。香水を盗んで、それをごまかそうとして……本当に、申し訳ありませんでした」

「香水の件は、まあ売り物ではないですし、構いませんよ。僕も少々、意地の悪い言い方をしてしまったので、おあいこです」

葵さんがにこりとすると、園城さんはほっと息を吐いた。私も胸をなで下ろす。顔を上げた園城さんは、ぶっきらぼうに尋ねた。

「いつ？」

「えっ？」

「その演奏会の日はいつかって聞いてるの！」

園城さんの剣幕に圧されながら、慌てて答える。

「あ、あさって……」

「じゃあ、まだ間に合うのね。よかった……」

その言葉を聞いて、私は思わず笑みを浮かべていた。気づいた園城さんが顔を赤らめ、そっぽを向く。

「チケット、届けに行くなら私もついて行くわ。それで、藤久さんに本当のことを話して謝る。……心細いから、隣にいてくれない？」

もちろん、と私は笑顔で答えた。


次の土曜日、園城さんが店を訪れた。目的は母親にプレゼントする香水を買うためで、良いものが見つかったと、ご機嫌だった。

私はスーパーで買い物をする予定があり、用事を済ませた園城さんと共に、店を出た。

春らしい、強い風の吹く日で、園城さんは花柄のシフォンのスカートが舞い上がらないよう、押さえながら歩いていた。穂積くんと別れたことを話すと、彼女はお疲れさま、と労ってくれた。

電話で別れを切り出した時の彼の反応は、あっさりとしたものだった。思い通りの実験結果が出なかった時のほうが、まだ残念そうにしていただろう。安堵するような声に少し傷つきはしたが、決心が揺らがなくて良かったかもしれない。

でもこれまでを思い返せば、傷つく権利なんて私にはなかった。私は私で、穂積くんのことをちゃんと好きではなかった。ただ、焦っていたのだ。自分にも普通に恋愛ができると、安心したかっただけだ。自分のことしか、考えていなかった。

「電話を切った後、体が軽くなった？」

園城さんに聞かれ、頷く。ズバリと言い当てられて、驚いた。

「だったら正解よ。反省すべき点を改善して、次に行けばいいわ」

彼女らしいエールだった。ありがとうと返して、でも、と心の中だけで反論する。この先、私は誰かを愛することができるのだろうか。「好き」という感覚はわかるけれど、園城さんのように人を押しのけてでも誰かの心を手に入れたいと思う日は、来るのだろうか。脳裏に葵さんの顔が浮かぶ。でも今抱いている気持ちが恋だと、まだ信じられずにいた。

しばらくは、今の関係のままでいい。その先に踏み出そうとして、拒絶されてしまったら。想像するだけで、胸がぎゅっと苦しくなった。和やかな時間が壊れる恐怖に比べれば、変化がないほうがずっとましだった。

　横断歩道のある四つ角で、スーパーに向かう私と駅に向かう園城さんの進む方向は分かれる。私は右へ渡り、園城さんは直進だ。私が渡るほうの信号が先に青に変わって、園城さんとはそこで別れた。横断歩道を渡り切り、なんとなく振り返ると、対角線上に藤久さんの姿が目に入った。

　藤久さんの隣には、女性がいた。彼と同年輩で、バイオリンのケースを背負っている。二人が親しい間柄なのは、ひと目でわかった。私は思わず、彼らの向かいにいる園城さんを見た。

　彼女はまっすぐ、藤久さんを見つめていた。信号が青になり、藤久さんと女性が歩き出す。園城さんは少し遅れて、足を踏み出した。彼らと園城さんの距離が近づいていく。

　藤久さんはその時まだ、数日前に顔を合わせた園城さんのことを、不幸にも、はっきりと覚えていたようだ。見に来てくださってありがとうございましたと、あの快活な声が聞こえた。

「彼女が例の、僕に花束をくれた女性だったんです。ようやく巡り合えました」

　思わず天を仰ぎたくなった。けれど、その場から目を離せなかった。

「わあ、そうなんですか。見つかって良かったですね！」

　園城さんは私がしばらく聞いていなかったあのピンク色の綿菓子みたいな声で、そう言った。

数十秒にも満たない、道の真ん中でのやり取りだった。三人はお辞儀をしあって、再びそれぞれの方向に歩き出した。

藤久さんと女性は、何事かを囁き合い、笑いながら商店街に続く坂道を上っていった。

園城さんは、横断歩道を渡り切り、顔を俯けたままその場で立ち尽くしていた。風に煽られた彼女の巻き髪が、ふわりと舞い上がる。一瞬だけ見えた彼女の頬に、きらりと一筋の涙が光っていた。

恋が失われる瞬間を、見てしまった。

それはとてもとても悲しくて、でも、美しかった。失われた恋はきっと、宝石みたいに美しい一粒の涙に変わったのだと、私は思った。

スマホをポケットから出し、彼女にメッセージを送る。

『魔女のハーブティー、飲んでみない？』

バッグから出したスマホに目を落とした園城さんは、弾かれたように顔を上げ、周りをきょろきょろとして、対角線上にいる私を見つけた。彼女の指が、素早くスマホの上を滑る。メッセージが、振動と共に私のもとに届いた。

『失恋に効きそうなのを、用意しておいて』

じゃあね、と彼女は口を動かした。くるりと踵を返し歩く彼女は、颯爽としていて、恰好良かった。

それからさらに数日経って、一つの謎が解けた。洗濯物を畳んでいる時、ふと思い出したのだ。あの、園城さんと久しぶりに会った日に嗅いだ、ジャスミンベースの香り。あまりにタイミングよく香ったあれは、葵さんが何か仕掛けをしたのだろうか。

「葵さん、少し前に、ジャスミンの香水なんて作りました？　たぶん三週間くらい前――」

皆まで言い終わる前に、葵さんがあっと声を上げる。口を挟む間もなく、地下の工房に行ってしまった。首を捻り待っていると、彼はパタパタと足音を立てて戻って来た。手には、店頭に並ぶ商品と同じ、香水瓶があった。

「すみません、すっかり忘れてました。これ、茉莉さんに渡そうと思って作っていたんです。『勇気が出る香り』の話、覚えていますか」

葵さんは長い指でゆっくりと瓶の蓋を開けた。感じたのは、確かにあの時と同じ香りだった。瑞々しくて、まばゆい光が弾けるような。

「最初に香るのは、グレープフルーツですね。それからジャスミンの他にも、花の香りがいくつか……」

「さすがですね。少しですが、チュベローズとホワイトローズの香料を合わせました」

それぞれの花の姿を思い浮かべ、納得する。光のような眩しさの正体は、花の色だ。

「使われているのは全部、白い花ですね」

正解と答える代わりに、葵さんは微笑んだ。

「きっと、花の香りと白のイメージが結びついたから、ぱっと視界が開けたような明るさを感じたんです。グレープフルーツの香りは、私の背筋を伸ばしてくれました。この香りがなかったら、園城さんと話す勇気も出なかったかもしれません。でも、どうしてお店の外で香水の香りがしたのか……」

首を傾げると、葵さんはいたずらが成功した時のような顔をした。

「茉莉さん、困った時に襟元を触る癖がありますよね。この香りがした時も、そうしませんでした？」

「ええと、よく覚えてませんけど、触ったかもしれません。園城さんと会って緊張してたから」

自分ではなんとなく認識していたが、この癖を他人に指摘されたのは初めてだった。葵さんは本当に、人のことをよく見ている。

「この間、香料カプセルを作るところを実演しましたが、この香水も一部をあんな風にカプセルにしたんです。それで、洗濯後の茉莉さんの服に、こっそり」

葵さんは右手で、刷毛《はけ》で塗るような動作をした。

「……すみません、茉莉さんの服に勝手に。怒りました？」

眉を下げて私の機嫌を窺う顔は、なんだか子犬っぽかった。そんな顔をされたら、少しくらい怒っていても許してしまう。

「怒ってません。その香りのおかげで勇気が出たのは、確かですから。あの時、園城さんときちんと向き合えたから、彼女とも仲良くなれたと思います。──あの、これ、いただいてもいいですか」

葵さんはあからさまにほっとした表情を浮かべ、もちろんですと答えた。

「オープンして一か月以上経ちましたし、無事に営業できているのも、茉莉さんの協力のおかげですから。ささやかですが、お礼です」

「ありがとうございます！　私のお守りにします」

私は大事に香水瓶を掌に包み、頭を下げた。

藤久さんほどではないけれど、私だって、葵さんと会話したすべてのことを記憶しておくことなんてできない。ほとんどは、掬った水が掌からこぼれるように、ゆるやかに失われてしまうのだろう。

でも、この香水があればきっと、ちょっとは多く、抱えたままでいられる。そう遠くない未来、絶対に来るこの穏やかな日々の終わりを思って、幸せなはずなのに、私はちょっと泣きたくなった。

第5話

貴婦人と永遠の薔薇園《ロズレ》

桜が散り、若葉が新緑へと変わり始める四月の終わりを、私は心待ちにしていた。なぜなら、葉山さんの家の庭が最も輝く季節だからだ。冬を終えて綻び始めた蕾が、一斉に開く。庭の端から端までを、カラフルに埋め尽くすのだ。

そして庭に出した椅子に座って、お茶をする。紅茶の香りと共に花の香りや草の匂いを吸い込み、ミツバチの羽音さえ心地よく感じるだろう。想像するだけで、わくわくする光景だ。

「最近、いつもご機嫌ね、茉莉ちゃん」

葉山さんがふふふと笑ったけれど、今私を笑顔にしているのは、この庭の花々なのだ。私が毎年楽しみにしていることを伝えると、葉山さんはなぜか表情を曇らせた。

「茉莉ちゃん、あのね。茉莉ちゃんに、言わなきゃいけないことがあるの」

「何か、あったんですか」

葉山さんは深刻な顔をしていて、嫌な予感がした。

「この土地を、売りに出そうと思っているの。私ね、ここを引っ越して、息子夫婦のところに行くつもりなのよ」

喉に何かを押し込まれたみたいに、息が詰まった。唾を飲み、どうにか掠れる声を絞り出す。

「……いつ、ですか」

「今月いっぱいよ。ごめんなさいね、伝えるのが急になってしまって。茉莉ちゃんとこうしてお話しするのが楽しくて、つい言いそびれてしまったの。でもね、安心して。お店のほうは、今まで通りに続けられるから」

大家としての仕事は、不動産業を営んでいる次男が引き継ぐのだという。私はショックからようやく少し立ち直って、声が出るようになった。

「すごく、寂しくなります……。でも、息子さんと暮らせるのは良かったですね」

「ええ、そうなの。私も足腰が弱ってきたから、気持ちも弱ってきちゃって。場所は横浜の山手のほうだから、そんなに遠くないわ。もしよかったら、遊びに来てね」

葉山さんは私の手をぎゅっと握り締めた。もう数年前に傘寿を過ぎているお歳だけど、若々しい人だと思っていた。でも、彼女の手は年相応にしわだらけだった。

「ありがとうございます。絶対、行きますね」

葉山さんの手を、握り返す。笑顔を浮かべたつもりだったけれど、うまく笑えていただろうか。


店に帰り、葉山さんのことを葵さんにも伝えた。彼もやっぱり、ショックを受けた様子だった。

「葉山さんとお話しするのはとても楽しかったので、残念です。今月いっぱいとなると、あと二週間ほどですね。茉莉さんも、たくさん会いに行ってあげたらいかがですか」

「はい、しばらくはちょこちょこ、お店を抜けさせてもらうかもしれません。ところで、葵さん、風邪ですか」

葵さんはマスクをしていて、喋る合間に、乾いた咳をしていた。

「油断しました。最近、寒暖差が激しかったので」

店が軌道に乗ってきて、疲れが出てきたのかもしれない。私は温まりそうなハーブを頭の中で検索していた。

閉店間際でお客さんがいないので、そのままハーブティーを淹れることにする。ティーポットやカップの準備をしながら、私はぽつりと言った。

「葉山さんのことは急でしたけど、私も、そのうちここを出て行かないといけないですね」

研究室に行かなくなった初めの頃は、いっそこのまま退学でも構わないと、捨て鉢になっていた。でも今は、戻ってなんとか学位を取るところまではやり遂げたいと思っている。そうなれば実験や論文の執筆で忙しくなり、お店の手伝いをする時間なんてほとんど取れないだろう。私は「開かずの間」のことから目を背けて、ずいぶんと能天気なことを考えていた。

「茉莉さんがいてくださると楽しいですし、正直なところ助かります。でも、茉莉さんにとって大学に戻ることは、前に進むことなんですよね」

葵さんは残念そうに眉を下げる。嬉しい言葉だった。あなたが必要だと、言ってもらえた気がしたから。父も母も、私を愛してくれたけど、必要ではなかった。だから二人とも、私を置いて遠くへ行ってしまったのだ。

「でも、時々は遊びに来てくださいね。お父様のことだって、もしかしたらここに何か連絡が来るかもしれませんし」

「……ええ、そうですね」

茶葉をポットに移していた手を、思わず止めた。手元が狂ってテーブルに茶葉が少しこぼれてしまい、何食わぬ顔で片づける。

やっぱり、ダメだ。忘れようとしても、忘れられない。逃げるなんて卑怯なことは、許されない。お前はそれだけのことをしたのだと、突きつけられているようだった。

――誰に？

神様とか良心とか、形のないものにだろうか。それとも、父本人にだろうか。物思いに沈んでいると、店のドアベルが控えめに鳴った。

「いらっしゃいませ」

振り向いた私は、あ、と小さく声を上げた。来訪者は、よく知る人だったからだ。

「みのりさん！」

父の下で調香を学んだ、紗倉みのりさんだった。葵さんに向けて、彼女を紹介する。

「私が子供の頃、この店で調香師をされていたんです。当時から父もセンスがあるってすごく期待していて、今は独立して、銀座にお店を開いているんですよ。お店も大人気なんです」

「ちょっと茉莉ちゃん、そんなに全力で褒められたら恥ずかしいわ。私なんて、師匠に遠く及ばないわ」

みのりさんは照れくさそうに笑って謙遜したが、葵さんも彼女を既に知っているようだった。

「お名前は雑誌などで何度か拝見しました。あなたが発表された香水はいずれも秀逸でしたが、真中先生のお弟子さんでしたら納得です。この店にも、紗倉さんのように香水の似合う女性になりたいと言って来られるお客様がいらっしゃいますよ。銀座は少々敷居が高いので、まずはこちらに」

「あら、いつの間にかライバルになっていたわけね。茉莉ちゃんの話だと、あなたもかなりの腕をお持ちみたいだけど……どちらにいらしたの？」

みのりさんは棚に並んだ香水を手に取り、ラベルを眺めながら尋ねた。

「学校で少し学んだ程度です。茉莉さんが褒め上手なだけですよ」

葵さんは微笑んではぐらかし、みのりさんは少し不満そうにしていた。私も、彼の経歴をまったく知らない。でも、専門学校のようなところで少し学んだだけでは、あれだけの能力は身につかないだろう。海外に行っていたのではないかと、想像していた。

「僕もできることなら真中先生にご指導いただきたかったのですが、お会いできなくて残念です。紗倉さんも、真中先生の行き先に心当たりはないのですよね」

「ええ、まったく。昨年も何度かお会いしたけれど、お変わりなかったと思うわ。茉莉ちゃんを置いてどこかに行ってしまうとは、とても考えられないし……言いにくいけれど、もう……」

みのりさんは私に申し訳なさそうな顔で、しんみりと言った。

「ですが、案外ふらりと帰って来られるかもしれませんよ。例えば交通事故で頭を打って、記憶喪失になっているとか——」

「そんな冗談、やめてちょうだい」

ぴしゃりと叩きつけるようにみのりさんが言って、空気が凍った。

「いい加減なことを言って茉莉ちゃんに期待を持たせるほうが、酷だわ。あなたは、真中一世のことを何も知らないでしょう」

私はびくびくしながら成り行きを見守っていた。みのりさんの考えがわからない以上、下手な口出しはできない。本気で怒りをぶつけているのか、あるいは彼の正体を暴こうとしているのか。

しかし、彼女の目的が後者ならば効果はなかったようだ。葵さんは目を伏せ、穏やかな声音で言った。

「すみません、差し出がましい口出しでしたね。ただ僕は、待ってくれる人がいないのは寂しいと思ったので。まだ、たった一年ですよ。……それとも、〝そういった想像〟をする理由が、紗倉さんにはおありですか」

「さあ、おっしゃってる意味がわからないわね」

いくつもの真実を、人の心を見抜いてきた葵さんの目が、みのりさんを射るように見据えていた。思わず顔を強張らせたみのりさんを見て、これは分が悪いと判断する。私は彼女の肩に手を置き、努めて明るい声を出した。

「実はみのりさん、二年くらい前に交通事故に遭われて頭を怪我したことがあるんです。たぶん葵さんのたとえ話で色々と思い出してしまったんですよ。ね、みのりさん？」

「そ、そうよ……」

私の訴えかけが通じたらしく、彼女はぎこちなく頷いた。

「それは重ね重ね、失礼しました。怪我はもう大丈夫なんですか」

「ええ、問題ないわ。私も取り乱してしまってごめんなさい」

ひとまず場が収まり、私はほっと息を吐いた。

「あの、葵さん。私ちょっと、みのりさんに相談したいことがあって……お夕飯の時間、少し遅くなってしまうかも」

「構いませんよ。よろしければ、ここを使ってください。僕は回覧板を届けるついでに、少し散歩してきます」

「気を遣わせてしまってすみません」

離れで話すつもりだったが、お店のほうが好都合だ。ついでに、地下の様子も確認できる。笑顔を浮かべ、彼にお礼を言った。

「ごめんなさい、少しつついてみたんだけど、失敗したわ」

みのりさんは長い髪をかきあげ、ため息をついた。やはり、あの言動は葵さんを揺さぶるためのものだったのだ。

「彼、やたらとガードが固いわね。何者なのかしら」

「わかりません。何か事情がある様子はありますけど、目的のようなものは見えてこなくて……」

私は初対面の時、葵さんが父の失踪の理由を探るため、ここに来たのではないかと疑っていた。私のことを信用していなかった葵さんは、目的を明かさなくても良いように、互いのことを詮索し合わないことを約束したのだろうと。しかし未だに、手がかりを掴めずにいる。彼の目的は、謎のままだ。

「どちらにせよ、警戒しなきゃいけないのは同じよ。〝あの部屋〟を開けられたら、まずいことになるわ」

私とみのりさんは、地下に続く階段を下り、「開かずの間」の前に立った。今は、外から鍵がしっかりかけられている。

「ねえみのりさん。最近少し、臭いが漏れているような気がするんです。もしかしたら、葵さんは気づいているかも」

みのりさんはドアに鼻を寄せ、匂いを嗅ぐ仕草をした。しばらくしてから、首を横に振って私に笑いかける。

「大丈夫、気のせいよ。あなたが普通にしていれば、不審に思われないわ」

大丈夫、とみのりさんは繰り返した。

「でも私、不安なんです。葵さんに隠し通す自信がありません。いっそすべて話してしまえたら――」

「茉莉ちゃん」

咎めるような声に、はっと身を竦《すく》ませた。

「これは、そう簡単に明かせる秘密じゃないわ。彼の正体がわからないのなら、なおさら」

「……ええ、わかります」

みのりさんの言うことは、いつも正しい。悪いのは覚悟が足りない私だ。

「もしもの時は私が罪を被るつもりだけれど、ばれないのが一番よ」

みのりさんの表情には強い意志があった。優柔不断な私に、従う以外の選択肢は無かった。

「私はね、尊敬する真中先生にはこの先もずっと、『天才調香師』でいてほしいの。不名誉な形で彼の名が有名になるなんて、絶対にあってはならないわ」

みのりさんは私を抱きしめ、あやすように背中を優しく撫でてくれた。久しぶりの人のぬくもりにじんわり涙が滲んで、思わず縋《すが》りつく。

「ありがとうございます、みのりさん。父のために、そこまで」

「当然よ。私にとっても、大切な人だもの。だから、このことは私たちだけの秘密よ？」

私は彼女の首から香るホワイトフローラルに包み込まれ、母に抱かれた時のような安心感の中で頷いた。


翌朝、庭のミントを収穫しながら、ぼんやりと考えていた。みのりさんはこの先もずっと、父のことを隠すべきだと言った。彼女の甘い香りに包まれていると、つい頷いて、甘えたくなってしまう。でも本当に、今のままで良いのだろうか。すべての責任は、私にある。父はずっと、悩んでいたのに。感情的になって、ひどい言葉を投げつけてしまった。

母に、連絡をしてみようか。考えて、やっぱり駄目だと首を振る。母は普段は陽気だったが、時折ひどく不安げな顔をして、私や父について回った。まるで、私たちの愛情を確かめるように。母の幼い頃、両親が離婚したせいかもしれない。間違いなく母を動揺させる事実を、告げることはできなかった。

足音が聞こえて、はっと我に返った。振り向くと、葵さんがにこにこしながら庭の前に立っていた。

「茉莉さん、ピクニックに行きませんか」

「ピクニック、ですか。どこへ？」

水曜日の今日は定休日だ。まだ午前中だから、多少遠出もできる。でも葵さんの返答は、予想に反してずいぶん近所だった。

「葉山さんのお宅です。今朝お電話したら、今日なら丸一日時間があるというお返事だったので」

ピクニックといっても、お弁当を作って葉山さんの家に行き、庭にお弁当を広げて食べようという意味らしい。私はお茶に招かれて似たようなことをしているが、葵さんにとっては初めてなのだろう。今から楽しそうにしている。

「サンドイッチは、スモークサーモンと、アボカドと、クリームチーズと……ああ、アボカドはエビと合わせたほうがお好きですか」

「どっちも美味しそうです。もう、両方作ってください！」

葵さんの手料理が美味しいのは間違いないのだ。調香の時くらい真剣に悩んでいるので、なんだかおかしくて笑ってしまった。

出来上がったサンドイッチを包んでバスケットに詰め、ポタージュスープを水筒に入れ、私たちは出発した。ひたすら丘の頂上を目指すだけだが、今日は二十度を超える陽気で、首のあたりにじわりと汗が滲んだ。お弁当の大半を葵さんが持ってくれて申し訳ないけれど、息も切れてきて、交代しますよとはとても言えなかった。

「ピクニック日和ですね」

にこにこしながら坂を上る葵さんは爽やかで、疲労はまったく感じられない。私は荒くなる呼吸の合間になんとか返事をするのがやっとだが、彼の方は息が切れる気配もなかった。体温が上がったのだろう、唯一、彼がつけた香水のミドルノートが、ふわりと香ってきたくらいだ。新緑を思わせる、グリーン系の香り。この季節と葵さんにぴったりの香りだな、と思った。

「あ、この香り、アレですね」

春らしい香りを感じて葵さんに声をかけると、彼は首を傾げた。きょろきょろと探せば、道端に香りの正体を見つけた。

「やっぱり、ヨモギですよ」

「なるほど、踏まれた跡があるので、より強く香ったのかもしれませんね」

葵さんが言った通り、わりと強い匂いがしていたのだが、彼にはあまり感じられなかったようだ。風向きのせいだろうか。葵さんは私が追いつくのを待って、再び歩き出した。

「昔、母が入院する前に一度だけ、公園に出かけて家族でお弁当を食べたことがありました。ピクニックと言うほど大したものではありませんでしたけど、すごく楽しかった記憶があります」

「いいですね、ウチは土日もお店のほうに両親がかかりきりで、家族でどこかに出かけた記憶がなくて」

葵さんが申し訳なさそうな顔をしたので、慌てて続けた。

「だから、今日はすごく楽しみです。外でお昼を食べるなんて、学校の遠足以来ですから」

わくわくしていたのは私たちだけに限らず、葉山さんは待ちかねたのか既に庭で準備をしていた。お手伝いさんと一緒に、テーブルクロスをかけたり食器を並べたりしている。

「いらっしゃい、二人とも。今朝起きた時は、何もない日だわ、なんて思っていたけれど、こんな素晴らしい日になるなんて」

葉山さんは葵さんお手製のサンドイッチを、きれい、美味しそう、と丁寧に一つずつコメントしていた。

「でもやっぱり、好きなのは卵なのよねえ。あとハム」

葵さんは抜かりなくそちらも作っていて、葉山さんからいいお嫁さんになると太鼓判を押されていた。

庭には赤や黄のチューリップが咲き誇り、別の一角ではネモフィラが青い絨毯のように広がっていた。奥で慎ましやかに色づく藤棚も美しい。ぐるりと一周して堪能した後は、温室のバラを見せてもらった。本来バラの開花はもう少し先だが、葉山さんは今の時期が見ごろになるよう、温度を調節している。

一歩足を踏み入れて、葵さんが感嘆の声を上げた。

「立派な薔薇園《ロズレ》ですね。ここまでたくさんの種類が揃って咲いていると、壮観です」

フランス語でもバラはローズだが、薔薇園のことはロズレと呼ぶのだと、葵さんが説明した。甘い香りがしそうな、品のある響きだ。

「バラは春にだけ咲くものと、四季咲きものがあるの。今、この温室は春よ。だから、こここにあるすべてのバラが開花しているの」

葉山さんは杖をつきながら温室を私たちと一緒に回り、バラの種類や特徴を説明してくれた。

「同じバラでもこんなに見た目が違うものなんですね。色だけじゃなくて、花びらの数も、形も」

ベルベットのような深い緋色の花弁をもち、どっしりと貫禄のある「アンクル・ウォルター」、誰かが縫い合わせたのでは、と思うほど精緻に整った花弁の「ローズ・ド・レッシュ」

「〝ウォルターさん〟はね、本当はもっと広いところが好きなの。〝レッシュちゃん〟は反対に、小さな鉢でも良く育ってくれるわ。ただし、害虫には弱い。箱入り娘みたいな子ね」

「だから、温室にいるんですね」

葵さんの軽口に、葉山さんはころころと笑った。

「バラは交配を何度も繰り返しているし、原種も多いから、数えきれないほどの種類があるわ。長年育てているけれど、私もその一部しか知らない。昔は世界中すべてのバラを見たいと思っていたけれど、今は知らないままの種類があっても良いと思うの。愛情を注げるぶんだけ、抱えきれるぶんだけで十分。この温室だけでも、私には大きすぎるくらいよ」

お世話が大変なのよ、と葉山さんは明るく言い、愛おしそうにバラたちを眺めている。

「この温室のバラは、どうされるおつもりなんですか」

葉山さんがいなくなってからのことを、葵さんは尋ねた。

「まあ、お別れするしかないでしょうね。あちらで育てられそうな子だけ、ほんの少し連れて行くわ」

想像していたけれど、葉山さん本人の口から聞くと一層寂しさが募った。しんみりした空気を気遣ってか、葵さんが言う。

「葉山さんは、香水によく使われるバラの品種をご存じですか」

「さあ……まったく知らないわ。香りが良い品種なら、わかりますけれど」

「一般的には、ローズ・ダマセナ種――ダマスクローズと呼ばれることもあります――とセンチフォリア種の二種類です。ダマセナ種はブルガリアとトルコ、センチフォリア種は南フランスが産地として有名で、他の場所だと品質が劣ってしまうそうです」

「バラに最適な場所なんですね」

私の言葉に、葵さんは肯いた。

「気温と湿度、降雨量の他、土壌もカルシウム塩が少なく通気が良いという条件が必要みたいですよ。害虫や病気の対策を怠ると、すぐに枯れてしまうとも聞きました」

何とも手がかかる花たちだ。バラの天然香料は高級品だと聞いたことがあるが、これほどの手間が必要なら当然だった。

「先ほどの『ローズ・ド・レッシュ』も、確かダマセナ種に分類されていた品種です」

「じゃあ、葉山さんのバラの花からも香料を抽出すれば、香水に使えるんですか」

「できますが、大量に必要ですね。花の量に対して、精油はほんの少ししか採れないので」

どのくらいかと聞くと、少し考えてから、葵さんが言った。

「水蒸気蒸留法だと、収率が０・０３％に満たないくらいなので、一グラム得るのに三キログラム以上のバラが必要という計算です。一グラムのバラの花弁を取るには七百五十個程度の花が必要で——」

「気が遠くなりますね……」

とにかくたくさん、と結論づけて思考を停止させた。

「葉山さん、温室の外は風が出てきたようです。そろそろ戻りましょうか」

葵さんが彼女の肩をそっと抱えて問いかけた。はっとした顔になった葉山さんは、ごまかすように笑顔を浮かべる。

「ごめんなさい、ちょっとぼんやりしちゃった。……でも良かったわ、最後にこうしてこの子たちをお二人に見てもらえて」

葉山さんはほっそりした指先で優しく、鮮やかに咲き誇るバラたちを撫でていた。

ピクニックの後片付けが終わると、葉山さんは少し疲れた様子だった。

「今日はお開きにして、お部屋に戻りましょうか」

お手伝いさんは優しく手を引こうとしたけれど、葉山さんはもう少しと引き伸ばそうとしていて、なんだか子供に戻ってしまったようだった。

「お引っ越しの日は、お見送りに伺いますね」

「いいわよ、だって、朝早いもの」

「普段から早起きですから、大丈夫ですよ。ねえ、茉莉さん」

「は、はい」

どのくらい早いのだろう。起きられるだろうか。嘘をつけないたちの私は、葉山さんとお手伝いさんに揃って笑われてしまった。

玄関を出ると、脇の駐車場に見慣れない車が二台、停まっていた。どちらも有名な高級外車だ。その近くに、男性が二人立っていた。

「葉山さんの息子さんたちかもしれませんね」

二人は六十代前半くらいで、何か困った様子で話している。盗み聞きするつもりはなかったのだが、会話が聞こえてきてしまった。

「家はまあ、普通に取り壊せるとして、問題は庭と温室だよ。重機も入りづらいし、先に庭師に頼んで処分してもらうか」

「でも、温室の分だけでも量が多いだろう。いっそ俺たちで適当に燃やして――」

「あの！」

声を発してから、しまったと思った。貫録のある男性二人から注目を浴びて、一気に緊張するが、言うしかないと覚悟を決める。

「お庭で燃やすと、違反扱いになって罰金を払わないといけないかもしれないので、その……」

尻すぼみになった私の後ろから、葵さんが助け舟を出してくれる。

「温室のお花の処分については、我々に任せていただくのはどうでしょう。……申し遅れました、葉山さんにお世話になっている者で、こういう店をやっていまして」

さっと名刺を出し、葵さんは二人に説明した。その途中で、年かさの恰幅の良い男性――長男の豪《ごう》だと名乗った――が、合点が行った様子で声を上げた。

「あの商店街の端の、香水店か。よく母さんの話に出てくるよ。ということは、君が茉莉さん？」

私は顔を赤くしてはいと答えた。

「ありがとうございます。母はあなたとお話しするのをとても楽しみにしていました。私の家に移ることになって、その時間がなくなるのが寂しいとずっと言っていますよ」

もう一人の男性――こちらはやせ型で、次男の剛《つよし》さん――も、ああ、と思い出したように頷いている。お礼を言われても、大したことはしていないので、息子さんたちにペコペコひたすら頭を下げていた。

「なるほど、それでしたら、本当に温室の花のほうは任せてしまって良いですか」

豪さんは、今度は葵さんに尋ねた。

「ええ、実は処分するわけではなく、使わせていただきたいと思っているんです」

体型は真逆でも顔立ちのよく似た兄弟は、二人とも同じ角度で首をかしげた。

「お世話になった葉山さんに、プレゼントを用意したいんですが……お二人のご協力が必要なんです」

私たちは葉山さんに見つからないよう敷地の外に移動し、葵さんの案を聞いた。私も初耳だったが、そのサプライズプレゼントはきっと喜んでくれるだろうと、今からわくわくした。

「面白いじゃないですか」

豪さんがにやりと笑い、

「それで、決行はいつにします？」

やっぱりにやりと笑って、剛さんが言った。

「遅くとも、朝十時には終わらせなければなりません。葉山さんがお引っ越しされる日が四月の二十八日ですから、翌日の二十九日、朝六時ごろはいかがでしょう」

葵さんだけはいつものののんびりした表情でそう答えた。私は内心、早っ、と悲鳴を上げたのだけれど、豪さん剛さんがゴルフに比べれば遅いくらいだ、と言うので、文句を挟む余地はなかった。

葉山さんは四月の終わりに、住み慣れた邸宅を去った。私と葵さんは午前中を休業にして葉山さんを見送った。家に、庭に、そして温室のバラたちに、彼女が別れを告げる様子を、静かに見ていた。最後に、泣いているお手伝いさんに別れを告げて、葉山さんは豪さんの運転する車に乗り込んだ。

「じゃあね、茉莉ちゃん、立葵くん。来てくれて本当にありがとうね。ごきげんよう」

しゃんと背筋を伸ばし、涙を見せず、葉山さんは上品に手を振った。私は車が角を曲がり、見えなくなるまで、彼女の恰好良い後ろ姿をずっと見つめていた。

翌日の朝六時、葉山邸に集まった怪しげな一団のメンバーは、私と葵さん、葉山さんの息子さんたち、そして長年葉山さんに仕えたお手伝いさんの五人だった。事前に、汚れても良い恰好というお達しがあったので、私を含め一様に、ジャージや量販店のちょっとくたびれたシャツなど、気の抜けた恰好だった。もう少し暗い時間帯だったら、強盗か死体を埋めようとしていると疑われて、通報されていたかもしれない。

葵さんが一同を見渡し、口を開いた。

「お集まりいただき、ありがとうございます。では、早速始めましょう」

温室に入った豪さんは、一目見て驚きの声を上げた。

「こんなに咲いていたのか。オレたちが子供だった頃は、もっとこぢんまりしてたよなあ」

「本当にな。ああでも、このバラは見覚えがあるぞ」

剛さんが、懐かしそうに相槌を打つ。

「お二人にも見ていただきたいと、奥様はよくおっしゃってましたけどねえ」

お手伝いさんがチクリと言い、兄弟は苦笑いを浮かべている。

「お花を摘んで、集めていくんですよね」

私が聞くと、葵さんがポリ袋を取り出しながら頷いた。

「ええ、花だけをこの袋の中に集めていってください。本場ブルガリアでは布の袋を体の前に提げて入れていきますが、布は意外と重いですからね」

全員が袋を手にしたのを見て、葵さんが宣言した。

「タイムリミットは、十時です。咲く前の蕾の状態でも構いません。できるだけたくさんの花を集めましょう」

各々掛け声を上げ、私たちは温室に散らばった。

私たちが作ろうとしているのは、この温室のバラから抽出した成分を使った、天然香料の香水だった。サプライズのプレゼントとして、葉山さんに渡すのだ。しかし、前に葵さんが言っていた通り、香水として使える量を得るには、相当な数のバラの花弁が必要になる。だからこそ、葉山さんの息子さんたちやお手伝いさんにも協力してもらい、花を一斉に摘むことにしたのだ。葵さんによると時間帯も非常に重要で、朝摘みのバラとそうでないバラでは、得られる精油の量も品質も違うそうだ。タイムリミットを設けたのにも、理由があった。

　豪さんも剛さんもお手伝いさんも、近くに来ると思い出話に花が咲いてしまうようだ。子供の頃に水をやりすぎて怒られた話、温室のバラを無断で摘み、女の子にあげる花束を作ったら怒られた話。どうやら息子二人はよく怒られていたらしい。

「あれ、ここにあった品種は持って行かれたんですね」

　私が空いている一角に目を留めて呟くと、お手伝いさんが近寄ってきた。

「ええ、確か、旦那様がプロポーズの時にプレゼントされたものと同じ品種だったと思います。お父さんおはよう、なんて話しかけておられましたね。ちょっと渋い色合いで、品があって、旦那様と雰囲気が似ているバラでした。人の名前で――」

「もしかして、『ウィリアム・シェークスピア』ですか？」

　葵さんがバラの品種を挙げると、お手伝いさんは何度も頷いた。

「そう、そうです！　そのプロポーズの話が、また素敵なんですよ。当時旦那様はイギリスに赴任中で、日本にいた奥様を呼んでローズガーデンを案内されたそうです。そしてバラに囲まれた噴水の傍で、バラの花束を渡してプロポーズ！」

「わあ、憧れます！」

　聞いているだけで、顔が熱くなってしまった。一生に一度だから、プロポーズはそのくらいロマンチックなほうがいい。

「奥様もとても喜ばれて、そのイギリスのバラ園を再現しようと、同じ品種を育てているのだとおっしゃっていました」

この温室には、過ぎた年月の分だけ思い出が詰まっているのだ。私は蕾を開きかけた薄ピンク色の花を摘み取った。美しく折り重なるドレープの隙間から、甘い香りが漂い出る。

その隣は、白一色の控えめな花をつけていた。品の良い、繊細な香り。

ぷちり、ぷちり。時に力を込めて、時にポトリと零れ落ちるように、掌に包んだ花を袋に入れていく。どのバラがどんな香りを放っていたのか、いつの間にか必死に頭に刻みつけようとしていた。香りと結びつけたら、ただ記憶するよりはきっと、長く覚えていることができる。

一つ摘み取るごとに、バラの苗からは彩が失われていく。後に残るのは、寂しく伸びる茎や葉だけ。葉を茂らせ、蕾が花開くまでには長い時間がかかったのに、あっという間になくなってしまった。喪失感に襲われて、息が震える。自然と、手が止まってしまった。

「茉莉さん、どうしました。棘で怪我をしたんじゃ……」

気づくと葵さんがすぐそばにいて、心配そうに私を見ていた。

「すみません、大丈夫です。何だか、バラを摘んでいたら、悲しくなっちゃって」

葵さんがわざわざ軍手を外して、ハンカチで私の頬を拭ってくれた。その時に初めて、自分が涙を流していたと知った。

「確かに、バラたちにとっては、捨てられる前に花までむしり取られて散々ですよね」

葵さんは生真面目な顔をして言った。私が泣いていた理由はもっと自己中心的なところにあって、バラの気持ちになって考えてしまう葵さんは、やっぱり少々ずれていると思った。でも、そのずれがおかしくて、今、胸を塞ぐものから救われたのは確かだった。

「ですが、茉莉さん。ここにいるバラは、葉山さんのためだけに咲いていたのかもしれませんよ。彼女の日々を潤し、心通わせる友人のような存在として。だから、彼女がいなくなれば、バラたちも役目を終えるんです。葉山さんがバラを愛していたぶん、バラも葉山さんのことが好きだったでしょうから、きっと彼らもわかってくれますよ。ほら、植物は愛情を受けて育つっていいますし」

「ふふ、そうですね。私のハーブも、愛情をたっぷり注がれているはずです」

「茉莉さんの愛情を受けたハーブは、美味しいお茶になる。このバラたちも、良い香りの香水になる。それはちっとも、悲しいことじゃありませんよね」

　良い香りを作るのは、任せてください。葵さんはまた涙が零れそうになった私の目元を拭って、頼もしく言った。


　花を摘み取ったら、次は花弁だけに分解する作業だ。私たちは黙々とこなし、途中に昼休憩をはさんでから、店に花弁を運んだ。

「こりゃ、しばらくは車がバラの香りだな」

　豪さんが鼻をひくつかせ、剛さんがああ、芳香剤いらずだなと笑っている。トラックを借りるのも手間がかかるので、二人の車に花弁を乗せてもらったのだ。彼らの言うように、バラの芳香が充満していた。

地下の工房に足を踏み入れ秘密基地のようだとはしゃぐ兄弟を見て、少年の心を忘れていないのは葉山さんに似たのだろうな、と思った。初めは高級車や社長の肩書に構えていたが、気さくで優しい人たちだった。

「ここから、蒸留するんですか」

この部屋には水蒸気蒸留装置はないが、エバポレーターという減圧蒸留装置がある。私の大学の化学系の研究室にも、同じようなものがあった。てっきりそれを使うと思っていたのだが、葵さんは蒸留法は使わないと言った。

「溶剤抽出にしようと思います。成分比は蒸留法と変わりますが、こちらのほうが収率がいいんですよ」

飛び交う用語に疑問符を浮かべている三人に、葵さんが簡単に説明した。香料として抽出したいローズ油は、花弁の中にある。花弁に溶剤である油をかけると、そのローズ油が花弁から油の側に溶かし込まれる。これが、「抽出した」ということになる。

「アロマテラピーで使うエッセンシャルオイルも、同じようなものですか」

お手伝いさんの質問に、葵さんは首肯する。

「香りをつける以外の用途でも使われますが、成分は同じです。香水に使われている香料は、水と油でいえば、油寄りの成分なんです。だから、香水は油が溶けやすいアルコールに、香料を溶かして作っています」

「香〝水〟だけど、水に溶けているわけじゃないのか」

剛さんが感心したように言い、お手伝いさんはしっかりメモを取っていた。

「では、ここからは我々二人で進めます。ご協力ありがとうございました。……皆さん、くれぐれもご内密に」

三人は映画に出てくるどこかのスパイのようなニヒルな笑みを浮かべ、頷いた。


原料を集めてからは、淡々とした、地味な作業が待っている。溶剤として使うヘキサンに花びらを入れて抽出し、先ほどのエバポレーターでヘキサンを蒸発させる。残るのはどろっとしたペースト状の物質で、葵さんによればこれを「コンクリート」と呼ぶらしい。このコンクリートを次はエチルアルコールに溶かし、抽出する。再び液体をエバポレーターで蒸発させ、「アブソリュート」が得られる。

葵さんに頼んで、今回は私も香水作りに参加させてもらうことにした。花びらをヘキサンに浸す作業を任されたが、匂いが強く、酔っぱらいそうになる。しばらく息を止めて頑張っていたが、時間が経つとあまり不快に思わなくなった。匂いに鼻が慣れてしまったのだろう。

葵さんのほうは、GC／MSを使って、ひたすら花の香気成分の分析をしていた。藤久さんの依頼で使った時と同様、分析結果を解析するのは人間の仕事だ。葵さんは睡眠時間を削って分析を続けていた。二、三日経ってもあまり休んでいないようで、心配する私を安心させるためか、明るい声で言った。

「バラの花一つ一つは、良い匂いがします。でも、それぞれの品種のバラが一斉に香ったら、邪魔し合ったり、混ざり合って変な臭いになってしまうこともあるんです」

「そのために、『アコードを取る』必要があるんですね。複数の香料を、バランスよく調和させること」

私が得意げに言うと、葵さんはにっこりする。

「その通りです。前にお話しした、オーケストラの調和と同じようなことですね。目立つべき楽器は目立たせる必要があり、音量が小さくともリズムを支える楽器は主張しすぎてはいけない。ですがさすがに、これだけの種類の素材を扱うのは大変なので、あの温室を参考にさせてもらいました」

葵さんはガラスの小瓶をいくつか、テーブルに並べた。バイアル瓶、と呼ばれる理化学用の瓶だ。

「これは、あの温室の空気を採取して瓶に詰めたものです。こちらもGC／MSで分析をしました。実際、花が香りを発している時の空気を採取し、分析結果を再現して作られた香水もあるんですよ」

温室でバラを摘む前に、葵さんが何カ所かでビニール袋を振り回す姿を目撃していたが、空気を集めるためだったようだ。

「より本物に近い香りを再現できるってことですね！」

私はあの芳しい、温室に一歩足を踏み入れた時の香りを思い浮かべた。いつも、目で見るより先に出迎えてくれたのは、香りだった。たぶんあの香りを忠実につくれたら、葉山さんは目を閉じればいつでも、思い出の詰まった温室に行くことができるだろう。

私は香りの少ないハーブティーをそっと置いて、工房から出た。

電車を乗り継いで葉山さんの住む街に到着した私は、日本離れした景観に驚いた。外国人墓地や、洋館の建ち並ぶ風景。洋館の広い庭や途中に立ち寄った公園にも色とりどりのバラが咲いていて、つい立ち止まって眺めてしまった。公園から見下ろした海では、大きなタンカーや貨物船がすれ違っていた。

「茉莉さん、そろそろ時間なので行きましょうか」

夢中で異国情緒あふれる景色を見ていたら、ずいぶん経っていたようだ。

「ええと、坂を少し下ったところですよね」

地図を見ながら、私たちは一本の道に入り、急な坂を下った。途中にパン屋さんがあり、その横の道を右に入ってしばらく行くと、豪さんのおうちがある。

場所柄、立派な家だろうと思ったが、想像以上の豪邸だった。堅固な門構えの向こうに、白亜の洋館が建っている。駐車スペースにはこの前見た二台の車が仲良く並んでいて、弟の剛さんも既に来ているようだ。

インターホンから聞こえたのは、澄んだ声の女性だった。たぶん、豪さんの奥さんだろう。すぐにドアが開いて、豪さんが出迎えてくれた。

「遠いところよく来てくれたね。母もお二人が来ると聞いて舞い上がっていますよ。……ああ、もちろん、香水のことは秘密にしてあるよ」

豪さんはそう言ってウインクをした。この慣れた感じ、若い頃はプレイボーイだったに違いない。リビングに通してもらうと、剛さんとお手伝いさんの姿があった。そして奥のロッキングチェアには、葉山さんがひざ掛けをして座っていた。

「二人とも、遠いのにありがとうね。また会えて、嬉しいわ」

「私もです。ちょっとした旅行みたいで、楽しかったですよ」

私は葉山さんの前に行って、手を握った。近くまで来てみると、葉山さんの身体はちょっと縮んだように見えた。あの大きな家で、一人で背負っていたものを取り払ったからかもしれない。晴れ晴れしているような、少し物足りないような、どちらともとれる顔をしていた。

全員が揃って、大きなテーブルにはパーティー料理がいっぱいに並んだ。豪さんの奥さんは料理上手で、よく喋り、よく笑う人だった。私にもあれこれと話題を振ってくれて、気づくと一緒に声を上げて笑っていた。

「そうそう、母さん、お二人からプレゼントがあるそうだよ」

料理が減ってきて、場が落ち着き始めたころ、豪さんが言った。また一つ、私に向かってウインクをパチリ。ウインクは最高にうまいけれど、その不自然な棒読みはどうにかかならないものか。ちょっぴり口角が引きつるのを抑える。

「あら、何かしら。いつものハーブティー？」

葉山さんは椅子に腰かけたまま、身を乗り出す。

「ハーブティーだけじゃなくて、今日は特別なものがあるんです。でもこれは、皆さんに協力してもらって、完成したんですよ」

私は豪さん、剛さん、お手伝いさんを順に見て、香水瓶をテーブルに載せた。普段の商品用の瓶の五倍はある、特別仕様だ。葵さんによれば鳥かごをモチーフに作られているとのことで、キャップ部分には透明なガラスの小鳥が止まっていた。

「あの温室の、葉山さんが連れて行くことができなかったバラたちをいただいて、香水を作りました。皆さんと一緒に、花を摘んで、花びらを集めたんです」

ゆっくりとテーブルに伸びた葉山さんの手が、震えていた。私は代わりに、香水瓶の蓋を開ける。

途端に、いくつもの花が瓶を飛び出し、弾けるように香りをふりまいた。私もまだ完成品は嗅いでいなかったが、華やかさだけでなく、独特の青臭さや土臭さまで感じられる。まさに、あの温室の空気を再現して作られた香りだった。

「すごいわ、あの子たちが、この中で生きている。ねえ、どんな魔法を使ったの？」

葉山さんは少女のように目を輝かせて、感嘆の声を上げる。私たちにとって、最上級の褒め言葉だった。五人とも無言で視線を交わし、満足感を共有し合った。

「一つ、調香師から解説をさせていただいてもよろしいですか。解説というか、苦労話になるのですが」

「あら、それはぜひとも聞かなきゃ。大変だったでしょう、わがままで気難しいこの子たちを、こんなに素敵な花園に整えるのは」

葉山さんは、葵さんの苦心したところを即座に理解していた。葵さんも、さすがにそれには驚いて、目を丸くしていた。

「ええ、おっしゃる通りです。花から得られた香料を採れた量比のまま配合しては、香りがぶつかり合って調和しない。そこで、温室にまだバラの花が残っている時に、温室中の何カ所かから空気を採取して、成分を分析したのです。そして一カ所だけ、見事に調和した場所を見つけました」

葵さんは出窓に近づき、バラが植えられた鉢に目をやった。

「このバラ、『ウィリアム・シェークスピア』の前です。葉山さんは、それをご存じでしたか」

「……いいえ、知らなかったわ。でも、あの子たちみんなが遠慮していたのかもしれないわね。私がこの子を特別扱いしていたから」

葉山さんは眩しそうに目を細め、深紅の花びらに触れた。

「葉山さんにとっては旦那様の化身ともいえる花だと、他のバラたちにも伝わっていたのかもしれませんね。ですから、ぜひ、『ウィリアム・シェークスピア』の前で香水を一吹きしてみてください」

「この香水だけでは、不完全というわけね」

「ええ、調香師としては大変不本意ですが、葉山さんの『ウィリアム・シェークスピア』があって初めて完成する香水です。それが最も、〃あなたの望んでいる香り〃だと判断したので」

「……最高の判断だわ。この香水があれば、私は小鳥のように羽ばたいて、あの人にプロポーズされたバラ園に帰ることができる。皆さんも、本当にありがとう。私は幸せ者ね」

泣くつもりなかったのに、と、葉山さんは悔しそうに目尻の涙を拭った。


葉山さんへのサプライズはこれ以上ない形で成功した。ところが翌日、連日の徹夜とやりきった安堵感からか、葵さんが完全にダウンしてしまった。一回治ったと思ったらぶり返してしまったらしく、今は三十九度の高熱だ。

店は私だけで開けることもできたが、やはり葵さんによる香水選びのアドバイスを含めてこそ、うちの商品だと考えて、休業することにした。そのほうが私も、看病に専念できる。とはいえ、人の看病などしたことのない私が果たして役に立っているのか、自信がなかった。葵さんも、風邪がうつるから世話を焼く必要はないと言うのだ。でも、放っておけるはずもない。彼がもううろうとしている時間を狙って突撃して、食事を運び、額の汗を拭き、時々様子を見に行った。

「うつるならそろそろ私も熱が出てますって。もう三日目ですよ」

ついに反抗をやめた葵さんは、大人しく横になっていた。熱は三十七度五分。だいぶ下がってきた。うつらうつらとしているようで、話しかけてもふにゃふにゃとした応答しか返ってこない。

寝たのを見届けたら、お茶でも淹れて休憩しよう。今はお昼過ぎで、二人でおかゆを食べたところだった。正直なところ、私も看病疲れで眠い。

器を持って立ち上がりかけると、スマホが振動する音が聞こえた。とっさに自分のスマホを見るが、私のではなかった。

「ちょっと、失礼します……」

私は葵さんの寝ているベッドを覗き込んだ。振動音は、彼の頭のあたりから聞こえる。枕に半分隠れるようにして、スマホが見えていた。ずっと鳴り続けている着信は、電話のようだ。私はスマホを引っ張り出し、葵さんに聞いた。

「葵さん、お電話ですよ。えーと、チャ……じゃない、シャネルさん？　から。出ますか？」

一度目で反応がなかったので、もう少し大きい声を出す。

「むー……捨ててください……」

「は、捨てる？　ちょっと、捨てるってなんですか。切るってことですか」

呼びかけても、もうまともな答えは期待できそうになかった。

「シャネルさん、かあ……。あだ名だよね」

まさかあの有名ファッションブランドは関係ないだろうし、万が一そうだとしても社名だけを登録することはないだろう。男性だろうか、女性だろうか。

なんとなく、女性のような気がした。それも、深い仲の。おそらく鋭い女の勘で、葵さんが風邪で苦しんでいることを察知して、電話をかけてきたのだ。

電話は催促するように、まだ鳴り続けていた。ずいぶんとしぶとい恋人（推定）だ。もう一分以上経つのに。

ふと、葵さんは誰にも何も言わず、ふらりとここに来たのではないかと思った。お互い詮索しない約束だったから、私は葵さんの過去を聞いたことがなかった。まあ、私からは喋ってしまったことも多いけれど。

シャネルさんにとって葵さんが、大切な人だったとしたら。心配して、いてもたってもいられず、でも電話をかけ続けることくらいしかできないのかもしれない。父を待ち続ける私を、葵さんは励ましてくれた。私がこの電話に出れば、少なくとも葵さんが生きていることは教えてあげられる。

好奇心があることも、否定できなかった。私は心の中で葵さんに謝り、通話のマークをタップした。途端に、風圧にしたら台風並みの勢いの声が、聞こえてきた。

「ああ、やっと繋がった！　立葵、今、どこにいるの？」

私は恐る恐る、あの、と声を発する。電話の向こうで、はっと息を呑む気配があった。

「やだ、ごめんなさい、間違ってしまったみたい。……いや、おかしいわね、間違うわけが――」

「あの！　間違ってません。これは、志野立葵さんの携帯です。彼は今、私のそばで寝ていて……」

その言い方だと語弊があることに気づいて、慌てて言い直す。

「いえ、志野さんは風邪をひいて眠っているので、私が勝手に出ました。真中茉莉といいます。……すみません、あなたは？」

おっかなびっくり尋ねると、数秒間を開けて、返事があった。

「取り乱して失礼しました。私はカツラギココ。桂の木に、小さい恋と書いて小恋。彼の同僚で……元恋人です」

ココ。だから、シャネルだったのだ。納得した一方で、頭の中はパニック状態だった。元恋人。彼女と葵さんは、付き合っていた。予想していた展開のはずなのに、いざ現実になると、胸をぎゅっと締めつけられるかのようだった。私は息苦しさを覚えたまま、彼女に尋ねた。

「桂木さんは、どうしてこちらにお電話を？」

「彼が休職届けを出した後、突然連絡が取れなくなったの。だからずっと、心配していたんです。でも、彼は無事なんですよね」

「はい。今は体調を崩していますけど、ただの風邪です」

ほう、と息を吐いたのが聞こえた。本当に葵さんのことを心配していたのだ。無断でも電話に出て良かったと思った。

「良かったわ、思い余って馬鹿なことをしたんじゃないかと――ああ、なんでもないです。それで、今は日本にいるのかしら」

「はい、東京ですけど」

あれ、と首を傾げた。まるで、今まで海外にいたような言い方だ。

「あの、桂木さんは今どちらに……？」

「パリです」

「パリ？　えっと、フランスの？」

小恋さんは電話の向こうで吹き出して、笑い混じりに言う。

「そうよ、フランスのパリ。やっぱりもうこの国にいなかったわけね。あなたは日本にいた時の知り合いなのかしら」

「いえ、志野さんとは今年の二月まで面識はありませんでした。彼がうちの父の店を居抜きで借りて、新しい香水店をやることになって、私はアルバイトとして働いているんです」

我ながら、わかりにくい説明だ。

「香水店？　立葵が？　いえ、ちょっと待って。今、あなた真中さんって言ったわよね。もしかして、真中一世の娘さん？」

そうだと答えると、受話器越しに何やら過激な言葉が聞こえた。こん畜生あの野郎、みたいな感じだったけれど、聞かなかったことにしよう。

「性格悪いわね、アイツ。私へのあてつけかしら」

「どういうことですか」

「去年の頭だったかしら。私、あなたのお父さんに会いに行ったのよ。どうしても作り方を知りたい香水があってね」

「もしかして、『マツリカ』のプロトタイプですか」

「ああ、知ってるのね。そうよ、どうにもいいアイディアが浮かばなくて、あなたのお父さんに縋ろうとしたの。でもこっぴどく追い返されちゃった。焦るあまり失礼な態度をとってしまって、お父様には申し訳ないことをしたわ。第一、人の褌《ふんどし》で相撲を取るのはやっぱり良くないわよね」

「はあ」

パリ在住のわりに、純和風のことわざを持ち出す人だ。

「まさかあいつが真中さんのところに行くとはねえ。大体、こっちが焦ったのは立葵のせいだっていうのに」

いきさつを聞きたいかと問われたが、私がはい、と言う前に話は始まっていた。

「私は立葵の二年先輩の、調香師なの。同じ日本人なのもあって、私は彼をずっとライバル視していたわ。でも、彼は私や他の調香師とは次元が違った。分厚い辞書のような膨大な知識と、顧客の要望を的確に読み取る能力、そしてイメージした香りを再現するセンス。他の同僚たちは早々に諦めたけど、私はまだ、彼と競う気でいた。でも、普通の方法では、彼より秀でた香水を作ることはできないと思ったの」

焦りが募る一方だった時、桂木さんの頭に浮かんだのが「マツリカ」の伝説だった。あの真中一世の作品なら彼に勝てるのではないかと、一縷の望みをかけて父のところに来たらしい。

「結論から言えば、マツリカのレシピは教えてもらえなかったから、私は別の香水を作ったわけだけど、どちらにせよ勝てなかった気がするのよね。アイツは、天才だから。天才はね、自分自身と競うのよ。敵は自らの限界で、他の調香師ではない。そう気づいちゃったわけ」

「ですが、志野さんは別に、桂木さんたちを下に見るような人じゃないですよね」

「ええ、もちろん。彼にとって私たちは仲間だし、行き詰まっていれば親身になって相談に乗ってくれるわ。年下だけど、そんな器の大きさに惹かれて、付き合い始めたの」

彼女は初めに、「元」恋人だと言った。どうして、恋人としてもうまくいかなかったのだろう。

「自分の小ささに、嫌になっちゃったの。私はライバルがスランプ中だと、口では励ましつつ、チャンスだと思ってしまう。でも立葵には裏表がないのよ」

「人間なら、おかしなことじゃないと思います。私だって、そういう気持ち、わかります」

「ありがと。でもね、恋人に対してもそう思うなんて、やっぱりダメよ。ずっと好きだったけど、好きでいる資格なんてない。私、どこか喜んでいたわ、立葵の病気を知った時」

まったく予想していなかった言葉に、すっと血の気が引いた。

「病気って……志野さんは、どこか悪いんでしょうか」

元々の持病があったなら、今もただの風邪じゃないのかもしれない。しかし小恋さんは、慌てる私を宥めるように大丈夫と繰り返した。

「命にかかわるものじゃないの。だから、あなたが気にすることはないわ。病気のことは、彼から直接聞いてちょうだい」

「……私、直接聞けるほど仲良くないんです」

「あら、そうなの。じゃあ、仲良くなれるように頑張ってね」

うまくかわされてしまった。私がむくれているのが見えているかのように、小恋さんは可愛いわねと笑った。

「ごめんなさい。……でも、茉莉ちゃん。私、本当に立葵のことを心配していたのよ。そこに嘘はないわ。だから、彼がちゃんと生きていると知って、本当に良かったと思ってる。それから、彼が一人じゃなかったことも。あなたがいてくれて、良かった」

電話から、震える呼吸が漏れ聞こえた。小恋さんの安堵の気持ちが、伝わってくる。どんな人なのだろう。凛とした良く通る声から、彼女の姿を思い浮かべた。お洒落なパリの街を、颯爽と歩く女性。異国でバリバリ働いて、冷静に自分の能力を見極められる人。きっと、美人で背も高いに違いない。想像すればするほど、葵さんにお似合いのように思えた。私なんかより、ずっと。

「茉莉ちゃん、聞こえてる？」

黙り込んでしまった私を気遣うように、小恋さんが優しく問いかけた。はい、と小さな声で返事をすると、もう一つ問いが重ねられた。

「あなたは、立葵のことが好き？」

「いえ、私は……」

少し前の私だったら、恐れ多いですよ、などと冗談めかして答えていただろう。笑ってごまかして、傷つかないように初めから諦めて、心に蓋をしていただろう。

でも今ここで逃げてしまったら、踏み出すチャンスを永遠に失ってしまう気がした。前に進みたいと、心の中から叫びが聞こえた。意を決して、大きく息を吸う。

「……好きです。私、志野さんのことが好きです」

飛び出した言葉はすとんと腑に落ちて、もう間違いないと確信した。たぶん初めて出会った日から、私は葵さんに惹かれていた。「好き」の種は最初は小さくて気づかなかったけれど、この店で一緒に過ごすうちに芽吹いて、彼の優しさを知る度に大きく育っていったのだ。今の関係が壊れることに、怯えていた。恋人が電話をかけてきたかもしれないと想像したら、苦しくなった。小恋さんが元恋人だと聞いて、嫉妬が芽生えた。全部、好きだからだ。葵さんに私だけを見てほしいと、願ってしまったからだ。

小恋さんはしばらくの間無言で、やがてふっと小さく息を漏らした。

「苦労するでしょうけど、まあ頑張って。自由なやつだから、ちゃんと掴まえておかなきゃね。……私の話、聞いてくれてありがとう」

自分の話は伝えなくていいと残し、小恋さんは電話を切った。

私はどっと疲労を覚えて、スマホをぽとりとベッドの上に落とした。

「はー……緊張した！」

膝立ちのまま、ベッドに突っ伏す。呼吸に合わせて、葵さんのお腹が上下している。暢《のん》気《き》に寝ている彼を、じっと睨みつけた。連絡もせずにいなくなるなんて、ひどい人だ。


さわさわと雨の降る音で、私は目を覚ました。不自然な体勢でいることに気づき、葵さんのベッドにもたれて眠ってしまったのだと思い出す。

慌てて身を起こすと、タオルケットが肩から落ちた。自分でかけた覚えはないから、葵さんがかけてくれたのだろう。しかし肝心の葵さんは、ベッドにいなかった。

「葵さん、起きたんですか。熱、下がったのかな……」

寝ぼけ眼を擦りながら、トイレやキッチン、店の中と工房まで見て回ったが、彼の姿はない。玄関に行くと、靴もなかった。ついさっきまで熱で寝込んでいたのに、外に出たのだろうか。

家の中を歩き回っているうちに、完全に目が覚めていた。スマホの通話記録を見た葵さんが、事情を知られたと考えて、いなくなってしまったんじゃないか。不安はあっという間に私の頭の中いっぱいに広がり、そうに違いない、と警鐘を鳴らした。

「掴まえておかなきゃね」、と小恋さんの言葉が聞こえる。そうだ、忠告されたばっかりだったのに。私はスニーカーをつっかけ、玄関を飛び出した。


真っ先に向かったのは、ハーブの庭だった。ぽっかりと屋根の抜けたそこにだけ、雨が降っている。けれど、葵さんの姿はなかった。

店の表に回り、雨宿り商店街を見渡す。夕暮れ時、夕飯の買い物でにぎわう頃だが、通りを歩く人はいなかった。普段から人が少ないのに、雨が降ればなおさら、寂しい風景になった。

私は表通りの商店街の方向へ走った。途中、「アンティークショップ　刻」の時任さんが店の前に立っていて、葵さんを見なかったか尋ねた。

「ああ、彼なら商店街の、駅側のほうに行ったよ。十五分前くらいだな。傘を持っていたから、買い物にでも行くのかと思ったが」

「何か、言ってませんでした？」

「いや、挨拶をしただけだよ。彼はこんなジメジメした日でも、まるでエーゲ海を渡る風のように爽やかだ。でも、今思えば少し、アンニュイな雰囲気だったかな」

要領を得ない答えにしびれを切らし、とりあえず駅へと足を向けようとした私を、時任さんが呼び止める。一旦店に引っ込んで、すぐに戻ってきた。

「ほら、持って行きな。なんと、フランス製だ。フランス人は傘をささないというけれど、その代わりにこいつを使っていたんだろう」

時任さんが手にしていたのは、モスグリーンのレインコートだった。一見普通だが、この店に置かれている以上、例の〝条件〟があるはずだ。礼を言って受け取ってから、彼に尋ねた。

「あの、これは何が欠けているんですか？　もしかして、どこかに穴が空いているとかなら——」

お気持ちだけで、と私が返す前に、時任さんはニヤッと笑い、時代がかった口調で言った。

「安心したまえ、お嬢さん。予備のボタンが先に取れてなくなったレインコートさ。今頑張っているスタメンがいなくなったら、もう終わりだ。なかなかスリリングで良いと思わないかい？」

「……ということは、レインコート自体はまともということですね。ありがとうございます、いただきます！」

私は少し大きめのレインコートを羽織り、走りながらボタンを留めた。

メインストリートにある八百屋や魚屋、スーパーの前は、雨でもそれなりの人出だった。

自転車やベビーカーの間を縫うようにして、私は駅のほうを目指す。商店街の出入口、濡れた地面との境界に立ち、私は思った。葵さんは、本当にどこかに行ってしまったのだろうか。失踪した父を待ち続ける私に、そんな残酷なことをするだろうか。

そんなはずはない。優しくて、人の痛みを理解できる彼に、できるはずがない。私は葵さんを、信じていた。

きっと、この近くにいる。私は息を整えると、再び走り出した。

桜の樹が緑の葉を茂らせている、児童公園。人影はなかった。踵を返し、私は駅とは反対に、坂を上った。葉山さんの家のあるほうへ。

そういえば、ゴールデンウィークの後に家を取り壊すと、剛さんから聞いた気がする。具体的な日程も教えてくれたが、いつだっただろう。その前に、今日は何日だったっけ。坂を上りながら、私はぐるぐると考えていた。自分では走っているつもりだが、坂が急でほとんど歩いているようなスピードだ。

やっと坂を上りきった時、バリバリ、と大きな音が聞こえた。葉山さんの家があったところに重機が見えて、取り壊しは今日だったのだと知った。重機のアームが大きく振りかざされて、家の壁を削っていく。壁がなくなって、部屋の中が見えていた。別のところでは、爪のような先端で掴まれた瓦礫が、積み上がっていく。葉山さんとハーブティーを飲みながら庭を眺めたサンルームも、美しい庭園も、あのバラがいっぱいの温室も、もうないのだ。

呆然と立ち尽くしていた私の目が、葉山邸の前の路地に立つ、葵さんの姿を捉えた。黒い傘を傾け、家が解体されていく様子を、一人で眺めていた。

「葵さん！」

強まってきた雨音と解体作業の轟音の中、声が届いたかはわからない。でも、葵さんは私に気づき、はっとした顔でこちらを振り向いた。

建物が壊れて、温室はひしゃげて、欠けていく。失われていく。時任さんは、欠けることには物語があると言った。藤久さんは、失われていくものを描きたいと言った。彼らはそれに惹かれていた。でも、どれだけ言葉を飾っても、美しさを見出しても、やっぱり失われることは寂しいことで、悲しいことだと、突きつけられた。

だって私は今、こんなにも寂しくて、悲しいのだから。

「茉莉さん……」

「どうして、いなくなっちゃうんですか！」

息も絶え絶えの私は、必死になって葵さんに駆け寄り、思いをぶつけた。

「どうしてみんな、いなくなっちゃうの！　お父さんもお母さんも、私はずっと、一緒にいたいと思ってたのに。素直になれなくて、言えなかっただけなのに。本当は、淋しかった。ずっと、寂しかったの！」

雷のような工事の音と、体を叩き続ける雨音。私は負けないように、叫んだ。

「置いていかないで。私を、置いていかないで……もう、一人だけ残されるのは嫌なの！」

　涙に濡れ、雨にも濡れて、全身びしょ濡れの私の肩を、葵さんは自分のほうに引き寄せた。傘を打つ雨の、くぐもった音が響く。顔を上げれば、心配そうに瞳を揺らす彼と目が合った。

「ごめんなさい。誤解させてしまったんですね。目が覚めて、気分が良かったので少し外を歩こうと思って外に出たのですが、途中で今日が葉山さんの家の解体をする日だったのを思い出したんです。メモくらい残しておけばよかった」

　葵さんは、変わらずバリバリと音を立てて崩れていく葉山邸をもう一度見て、帰りましょうと言った。

「僕は勝手に、いなくなったりしませんよ」

　それを証明するかのように、葵さんは私の手を握った。彼の手は大きく、ひんやりとしていた。私は冷たい手を、恐る恐る、握り返した。


　家に戻った頃には、もう雨はほとんどやんでいた。離れで濡れた服を着替え、庭に出る。先ほどの光景が蘇り、思わず顔を覆ってしゃがみ込んだ。取り乱して、葵さんに感情を思い切りぶつけてしまった。きっと呆れられただろう。

　葵さんと顔を合わせるのは、正直気まずい。八つ当たりのように雨粒をまとったレモンバームをつつくと、湿った土の匂いが立ち上った。深呼吸すると、少し気分が落ち着く。

顔を上げると、店の窓から淡く光が漏れているのに気づいた。おそらく、奥のカウンター付近の電灯がついているのだろう。住居スペースの玄関から入って店のほうを覗くと、思った通り、葵さんの姿があった。

声をかけようとして、少しためらった。箱の中の商品を棚に並べようとしているようだが、彼の横顔はなんだか虚ろだった。

「ちゃんと休まないと、風邪がぶり返しますよ。並べるくらいなら私がやりますから」

私の声にはっとして、葵さんが振り返る。

「ありがとうございます。でも、少し困ったことになってしまいまして」

「困ったこと？」

葵さんは木箱に入った香水瓶の一つを、手に取った。

「熱でぼんやりしていたせいか、ラベルの記載とは違う香水を入れてしまったみたいなんです。数が合わないので、おかしいと思ったのですが」

葵さんが途方に暮れたような顔をしているので、私は励ましを込めて笑顔を見せた。

「熱があったならしょうがないですよ。それにどの道、匂いを嗅げばすぐ――」

続けるつもりだった言葉を、私はとっさに飲み込んだ。

「私が確認しておくので、任せてください」

木箱を受け取ろうと腕を伸ばしたが、葵さんはそっと棚の上に置いた。伸ばした私の手は宙ぶらりんのまま、沈黙が落ちる。彼は小さな声で、私に尋ねた。

「いつ、お気づきになりました？」

「……えっと、なんのことでしょう」

思わず、目を逸らしてしまった。私は嘘をつくのが、どうしようもなく下手なのだ。

本当はずっと、違和感があった。調香師が最も頼りにするのは、自らの嗅覚だ。香水を完成させると、父はまず鼻で確認した。狙い通りに香りが変化するかを、神経を研ぎ澄ませ、読み取ろうとしていた。しかし葵さんが同じようにしているところを、私はただの一度も見かけなかった。小恋さんは葵さんが、ホットケーキの焦げ臭さや道端のヨモギの青臭さに、彼は言及しなかった。小恋さんは葵さんが、「命にはかかわらない病気」を患っていると言った。今も、ラベルと中身の異なる香水を前に、途方に暮れていた。

導き出される答えは、ひとつだ。でも、信じられなかった。信じたくなかった。

葵さんは首を垂れ、断罪を待つ咎人《とがびと》のような顔をしていた。彼は、とどめの一言を待っているのだと感じた。わななく唇に、私はどうにか、言葉をのせた。

「葵さんの世界には……香りがないんですね」

葵さんは息を吐き、小さく頷いた。

「心因性の、嗅覚障害だそうです」

淡々と、他人事のように彼は説明した。

「嗅覚障害の原因には鼻炎や頭部外傷などがありますが、心因性は非常に珍しいようです。

病院で勧められたのは、ストレスのない環境で過ごすこと。無茶な話です。僕にとっては、匂いを感じられないこと自体が大きなストレスなのに」

葵さんの目に涙はなかった。でも、必死に痛みに耐えているように、私には見えた。きっと傷口からは未だ、血が流れ続けている。

「じゃあ、葵さんはまったく香りを嗅がずに、新しい香水を完成させていたということですか」

「新しいというより、〝材料と作り方をアレンジしている〟と例えたほうが正しいかもしれません。僕の中では、既知の成分の組み合わせなんです。これまでの経験と知識を使って、頭の中で香りを想像すれば、あとはその通り混ぜ合わせるだけです」

小恋さんの言ったとおり、この人は天才なのだ。並の調香師にできることではない。それなのに、彼はちっとも誇らしげじゃなかった。私は必死になって、言葉を探した。

「でも、葵さんの香水がたくさんのお客様を救ったのは確かです。香水一つで人を勇気づけたり、幸せな気分にしたり……。たとえ嗅覚がなくなっても、葵さんは調香師として、素晴らしい能力を持っていると思います」

私の言葉は、彼の求めているものとは違ったようだ。葵さんは寂しげに笑った。

「茉莉さんと話していると、自分のエゴが浮き彫りになりますね。あなたのように純粋に、お客様の喜ぶ顔のために香水を作れたなら、きっとこんなに苦しまずにすんだのに」

エゴという言葉と、葵さんは結びつかなかった。彼はいつだって、お客様のために全力を傾け、香水を作っていたはずだ。戸惑う私に、彼は続けた。

「僕は、今のままでは自分の望む調香師にはなれません。嗅いだことのある香りであれば、記憶を頼りに組み合わせることができる。ですが、新しい素材に出会ったり、新しいイメージを閃いたとしたら。今の僕は、何もできない。新しいものは、永遠に生み出せないいんです」

エウレカ、と呟くと、葵さんが頷いた。

「真中一世氏は、やはり偉大ですね。僕が求めてやまないのは、新しい発見をすることです。まだ誰も到達していない、美しい香りを創造すること。お客様の要望を叶えるという口実で、僕は欲望のまま、自分が満足できる香水を求め、作り続けてきたんです」

葵さんは私の視線から逃れようとするかのように、床に目を落とした。

「実は、茉莉さんの反応に頼っていたところもありました。真中先生の娘であるあなたには、鋭い嗅覚とセンスがあった。あなたの出したハーブティーを前にしたお客様は皆、香りを褒めていましたからね。茉莉さんが良い香りだと褒めてくれれば、安心できたんです。……すみませんでした、ずっと、利用していて」

申し訳なさそうに眉を下げる彼に、私は首を振った。詮索しないことを、私たちは最初に約束したのだ。

けれど今、約束は破られた。私は彼の秘密に、絶望の本質に触れようとしている。

「自分のために香水を作り、お客様に感謝される矛盾。あなたにまっすぐな眼差しを向けられるたび、僕は自分の醜さを嘆きました。僕には誠実で嘘のないあなたが、目もくらむほど眩しかった」

　本来の彼は、もっと自分勝手で、強欲で、意地っ張りなのかもしれない。調香師としてとてつもないハンデを負ったというのに、それでも香水から離れようとしなかった。退くどころか、見知らぬ街で香水店を開くなんて無謀な挑戦を選んだ。諦めたほうが楽なのに、〝エウレカ〟を欲することをやめなかった。

「私はずっとあなたを、優しくて完璧な大人だと思っていました。でも私が作り上げたそのイメージが、あなたを苦しめていたんですね」

「茉莉さんは悪くありません。僕がそう仕向けたからです。昔、何かの本で読んだんです、〝本当に優しい人は、自分が大変な時でも人に優しくできる人だ〟って。僕はずっと拠り所にしていた取り柄を奪われて、何者でもなくなってしまった。それならせめて、優しい人になろうと思った。でも、所詮真似は真似です。僕は取り柄の抜け殻に縋って、欲を捨てきれなかった」

「そんなこと、ありません……！」

　私は衝動のままに、彼の手を取った。

「葵さんは優しい人です。悩む私を、優しく見守ってくれました。葵さんが近くにいると安心できて、とても楽しかった。私にとって葵さんの存在は……救いだったんです」

　私にとっては、葵さんこそ眩しくて仕方なかった。どう言葉にすれば、彼に伝わるのだろう。もどかしくて、ただ手に力を込めることしかできなかった。

「……ありがとうございます。僕らは実は、お互いに支え合っていたんですね。あなたが傍にいてくれて、良かった」

　葵さんの浮かべた笑みは少し痛々しかったけれど、それでも笑顔を見せてくれたことが嬉しかった。目を潤ませて、笑みを返す。彼の言葉が胸にじんわり溶けていったように、温かさを感じた。しかし次の瞬間、すっと冷たい手で撫でられたように、私は自分の罪を思い出した。

「茉莉さん、どうかしましたか」

　突然表情を凍りつかせた私を、葵さんが心配そうな目で見つめる。私は心の中で、自分に問いかけた。本当に話しても良いのか。みのりさんとの約束を、破ることにならないか。でも、私はもう嘘をつきたくなかった。葵さんが言ってくれたように、誠実でありたかった。私が抱えている「秘密」を、彼に知ってほしい。ほんの一部だけでも。

　意を決して、私は重い口を開いた。

「父は……父はもう、この世にいません」

　葵さんの顔色が変わるのを、私はどこか冷めた気持ちで眺めていた。

「どうして。真中先生のことを、誰かから聞いたんですか」

「言えません。でも、確かなことです」

「茉莉さん！」

「ごめんなさい、これ以上は話せません」

私は首を振り、必死に口を噤《つぐ》んだ。今、葵さんに明かせる精一杯だった。すべてを話してしまいたい。でも同時に、知られたくないと願っている。

だって、真実を知ればきっと、葵さんは私に二度と笑顔を向けてくれなくなるだろうから。それだけは、耐えられなかった。

第6話

家族の調和《ハーモニー》

朝方、まどろみの中で、私は子供の頃の夢を見ていた。

私は小学生で、家にはまだ、母と父がいた。みのりさんと、もう一人の弟子の白井《しらい》さんもいた。記憶の中で、一番幸せな日々だった。両親は笑顔を向け合い、店はお客さんにあふれ、二人の見習い調香師は私と遊んでくれた。

店の奥にある、地下に続く階段。幼い私は、父が階段を下ろうとしていることに気づく。止めなければと思う。けれど、声が出ない。身体が重く、駆け寄ることもできない。行っちゃダメ、と私は必死に叫ぼうとする。

しかし父は、階段を下りて行ってしまう。その背中が見えなくなった頃、ようやく金縛りが解けて、私は転がるように地下に降りる。

——お父さん！

書斎のドアを開け、父の姿を捜す。見慣れた緑色のカーディガンを見つけて、私は裾を引っ張る。ごとりと、何かが落ちた重い音。自分の足元に転がってきたそれを拾おうとする。白く、硬く、ぽっかりと二つの穴が空いている。——頭蓋骨だ。

私は悲鳴を上げた。

目を開けると、心臓が早鐘を打っていた。部屋の空気は少しひんやりしているのに汗びっしょりで、目尻に溜まっていた涙が、頬を滑り落ちていく。

どうして、こんな夢を見たのだろう。最近は、昔の夢なんてほとんど見た記憶がないのに。重い体を起こし、伸びをした。私の心に反して、空はカーテンから光が透けるほどに快晴だった。

葵さんの秘密を知ってから、数日。私たちは今まで通り、香水店の店主とアルバイトとして過ごしていた。

お客様をドアの近くでお見送りしていると、入れ違いに、運送会社の配達員が小包を抱えてやって来た。

「真中茉莉さん宛です」

伝票にサインをして受け取る。最近、ネット通販を利用した記憶はなかった。首を傾げて、送り主の名前を探す。住所はアルファベットで書かれていたが、名前は漢字だった。文字を目にして、ひゅっと息を呑んだ。

——真中一世。父の名だ。

そんなはずはない。混乱しながら、私はどうにかレジの近くにいる葵さんに声をかけた。

「荷物が届いたので、離れに置いてきますね」

葵さんからの返事を待つ余裕もなく、庭を横切り、離れに向かった。ドアを開け、ふらふらとベッドに手をつく。心臓の音が全身に響いて、うるさかった。

とにかく一旦、落ち着かなければ。今の顔でお店に戻ったら、葵さんにも不審がられるだろう。改めて、小包を確認した。大きさは私の両手に載る程度で、少し重みを感じる。

送り主の住所を慎重に目で辿ると、フランス、パリの文字があった。

「本当に、パリから届いたの……？」

呟いても、答えは出ない。今になって届くよう、父が手配していたのだろうか。

震える指で、紙の包装を剥いでいく。現れたのは、長方形の紙箱だった。白一色で、文字や絵は描かれていない。爪をひっかけて、箱のふたを開けた。真上から覗き込み、やはりと思った。中身は香水瓶だ。

箱を傾け、瓶を外に出す。角に丸みを帯びた縦長の瓶は、初めて触れたにもかかわらず、私の手にしっくり馴染んだ。上部には銀色のキャップがついていて、それを外すとスプレー部分が顔を出した。香水らしき液体が、九分目くらいまで入っている。ごく一般的な、香水瓶だ。

側面や底を見てみたが、何の記載もなかった。香水以外に、手紙のようなものもない。しばらくの間逡巡してから、香水瓶を右手に持ち、空中にひと吹きした。ふわりと漂うフローラル系の香り。私のよく知るジャスミンと、それから――。

意識を集中させようとした刹那、胸がずきりと痛んだ気がした。唐突に、悲しみや寂しさが襲ってくる。

これは、嗅いではいけない香りだ。恐怖を覚え、慌ててキャップを被せ、箱に戻した。引き出しの一番下の段を開け、放り込む。いつの間にか息が乱れていて、私は胸に手を当て、深呼吸した。鏡に、自分の顔が映っている。幽霊でも見たように、真っ青だった。

今日の朝食は、中国粥だった。ほんのりと塩味がして、鶏出汁が効いている。具はシンプルに、鶏のむね肉と小ねぎだけ。ごま油の香りと生姜が良いアクセントになって、文句なしに美味しかった。

私の感想と完食済みの器に、葵さんも今日は自信作だと自画自賛した。

「良かったです。これなら、食べられそうですね」

「はい、身体も温まってきました。……ありがとうございます」

私は昨日から突然、食欲がなくなってしまった。原因はわかっている。父の名で送られてきた香水のせいだ。あれから胸が塞がれてしまったかのように苦しく、食べ物が喉を通りづらくなった。抱えている秘密——私の犯した罪——への罪悪感が、香水をきっかけに大きく膨れ上がったのかもしれない。葵さんの秘密を知り、彼との距離が近づいたという理由もあるだろう。私が彼を恋しく思い、この先も一緒にいたいと、幸せな未来を想像するたび、悪魔の声は囁く。「お前にはそんな資格はない」、と。あの夢は、警告だ。

「すみません、ご迷惑をおかけしてしまって」

弱々しい声で謝る私に、葵さんは困ったように眉根を寄せた。

「迷惑ではありませんけれど、心配です。一度、病院に行かれたほうが良いのでは……」

大丈夫ですと答えても、当たり前だがちっとも信用されている様子はない。でも、原因がどうにもならないことだとわかっているのに、病院に行く気はしなかった。

「でしたら少し、気分転換に出かけてみるというのはどうでしょう」

葵さんの提案に、曖昧に頷く。正直あまり気乗りはしないけれど、せっかくの厚意を無下にしたくなかった。

「どこか、行きたいところはありますか」

ぼんやりと思い浮かんだのは、みのりさんの顔だった。彼女に会えば、少し安心して調子も戻るかもしれない。

「銀座にみのりさんのお店があるんです。葵さんも、前から気になると言ってましたよね」

「興味はありますが、銀座は少し遠いですね。茉莉さんの体調が良くなった時でも……」

「食欲がないだけで、私は元気ですよ！　行きましょう」

私は笑顔で答えたが、あまり信用されていなかったらしく、具合が悪くなったらすぐ言うようにと厳命されてしまった。


なんだか、デートみたいだ。銀座に着くまではあまり意識していなかったのだが、いざ駅から出て通りを歩いていると、不意に気づいてしまった。しかも、葵さんが私の体調を気遣っているからか、いつもより距離が物理的な意味で近い気がする。人混みに巻き込まれないよう肩を引き寄せられたり、階段で顔を覗きこまれたり、心臓に悪い。

「まあ、パリに住んでればこのぐらい普通かもしれないけど……」

「パリ？　何の話ですか？」

独り言の一部を聞かれてしまい、私は頬が熱くなるのを感じながらごまかした。せっかくなので、疑似デート体験を楽しもうと頭を切り替えることにする。

葵さんのエスコートを受けてお店に入ると、みのりさんが驚いた顔で私たちを迎えた。にこやかにしているが、驚きを隠せない様子だ。

「突然お邪魔してすみません、一度紗倉さんのお店を拝見してみたくて」

「怖いわね。敵情視察かしら」

冗談めかしているが、みのりさんの目は笑っていなかった。行き先を間違えたかもしれない。冷ややかな空気にドキドキしていると、ちょうど店員さんからみのりさんに声がかかった。お客様が、みのりさんに香水の相談をしたいのだという。

店員さんに促され、お客様が香水の並ぶ棚のほうに移動する。スタイルの良い女性で、体のラインに沿った黒のタイトなワンピースを着ていた。服装の系統や茶髪のロングヘアから、オリエンタル系の香りが合いそうだと感じたが、すれ違う時に香ったのは甘いフローラル系だった。

「今つけてる香水は気に入ってるんですけど、元カレからプレゼントされたものだから、変えたくって」

女性の話を聞き、みのりさんは棚から一つ瓶を取った。

「それでしたら、こちらはいかがかしら。今日の雰囲気に、よくお似合いだと思います。

ムスクとバニラが甘く官能的に香って、デートにもおすすめですよ」

みのりさんの説明に、少し違和感を覚えた。私が微妙な顔をしているのに気づいて、葵さんもみのりさんのほうに目をやる。

「何か、気になることがありましたか」

「いいえ、大したことじゃないんです。ただ、あの女性はフローラル系の香水が気に入っているようなので、まずは同じ系統をおすすめするほうが自然かと……」

でも、みのりさんも考えがあってオリエンタル系を勧めたのかもしれない。あの女性の雰囲気にオリエンタル系が合うという意見には、私も賛成だ。

「なんて、余計なお世話ですよね」

ちょっと恥ずかしくなって葵さんに笑いかけると、彼はやけに真剣な表情でみのりさんを見つめていた。


接客を終え戻ってきたみのりさんは、私たちに店内を案内してくれた。これまでに何度も訪れているが、相変わらず一つ一つの香水が丁寧に作られていて、説明を聞くとどれも欲しくなってしまう。まだ本調子とはいえないが、良い気分転換になった。

一通り回って、そろそろお暇の挨拶をしようと思った時、葵さんが口を開いた。

「一つ、紗倉さんにお伝えしたいことがありまして」

内緒話のようなトーンで、彼はみのりさんに囁いた。

「なんと、『マツリカ』のプロトタイプの、レシピらしきものを見つけてしまいました」

「なんですって？」

みのりさんが大声を上げ、店中の視線が集まった。彼女が慌てて謝る様子を見て、珍しいなと思う。やはりそれだけ、『マツリカ』は価値のある香水なのだろうか。それにしても、レシピが本当に存在していたなんて。私も初耳で、みのりさんほどではないけれど、驚いていた。

「ちょっと、中で話しましょう」

私たちは店舗のバックヤードにある部屋に通された。会議をする時に使う部屋だろうか、長テーブルの周囲に椅子が置かれ、正面にホワイトボードが設置されていた。みのりさんはきっちりと入り口の鍵を閉め、私たちの向かいに座った。

「それで、もう再現はしてみたの？」

「いえ、それはこれから。香料の種類や配分は、売りに出された『マツリカ』と非常によく似ています。でもそれが本当にプロトタイプのレシピなのか、僕には判断がつきません。出来上がったら、確認していただけますか」

「もちろんよ。レシピも見せてもらえると嬉しいわ」

みのりさんは興奮を隠さず、熱っぽい目で葵さんを見た。みのりさんの視線を躱すように、葵さんはテーブルに目を落とした。

「細かい相違点が何カ所もあったので、僕も全部は覚えられませんでした。また、お時間がある時にうちの店に来ていただけませんか。その時にお見せします」

「わかったわ、近いうちに必ず。……でも、良いの」

何が、と視線で問いかけた葵さんに、みのりさんは悪戯っぽく笑った。

「だって、あなたは『マツリカ』のレシピを探していたんでしょう。しかもそれで、ひと儲けしようとしているって、茉莉ちゃんから聞いたわよ。私に教えたら、一攫千金の野望は叶わないじゃない。それとも、本当は他の目的があったのかしら」

みのりさんはこの前の葵さんの言い回しを真似て、問い詰めた。葵さんは一瞬、きょとんと目を丸くしたが、微笑ましそうに口元を緩めた。

「僕にはもう、必要がなくなりました。万人受けのするものより、一人のためだけに作る香水に興味が移ったんです」

それは嘘ではないかもしれないけれど、彼の本音を聞いた今では、まったくの本心ではないように、私には聞こえた。先日、嗅覚障害のことを告白してから、彼は香水と少し距離を置こうとしているように見えた。接客は今まで通り丁寧だし、香水が嫌いになったわけではないだろうけれど、夜遅くまで作業をするとか、周りの音が耳に入らないほど没頭する姿は減った気がする。

急に愛想の良くなったみのりさんに見送られ、私たちは店を出た。店から少し離れたところで、私は葵さんを見上げて尋ねた。

「プロトタイプのレシピ、本当に残っていたんですね。どこにあったんですか」

「作業台の、積み重なったメモの中です」

なるほど、父の性格なら、他の走り書きと紛れてしまっても不思議はない。

「ところで、茉莉さん。みのりさんの他に、プロトタイプの香りをご存じの方はいらっしゃいますか？」

「もう一人、男性のお弟子さんがいたので、その方も知っているかもしれません。白井真《ま》弓《ゆみ》さんという方です」

「その白井さんは、都内にいらっしゃるんですか。できればお会いしたいのですが」

「はい。白井さんは、うちの店から、都内に研究所のある化粧品会社に引き抜かれて移ったんです。父の誕生日会にも、毎年来てくださいました。確か、日本橋あたりにビルがあったはずです」

物静かな人だったのであまり喋った記憶はないが、店を離れてからもマメに顔を出してくれて、人当たりの良い優しい人だった。

「白井さんとは一年前に会ったのが最後です。父がいなくなって三日後くらいに、心配してお店に来てくださって。その時はみのりさんも一緒でした」

みのりさんと白井さんが、あらゆる関係者に連絡して父の行方を調べてくれたのだ。私は呆然としているだけで、警察に届けを出してくれたのも、白井さんだった。

「平日なので勤務中でしょうけれど、折り返してくださると思うので、電話してみます」

私はその場で白井さんの番号に電話をかけた。しかし聞こえてきたメッセージは、この番号は現在使われていません、というものだった。

「番号が変わったんでしょうか。でも、白井さんなら私にも新しい番号を教えてくれると思うんですよね……」

白井さんは几帳面な性格で、お金や書類には大雑把な私の父とは対照的に、きっちりしていた。契約書に不備があるとか、収支が合わないとか、父が怒られているのを何度か見かけた気がする。

「連絡が取れないのは、ちょっと気になります……」

適当な理由が思いつかず首を捻っていると、葵さんが言った。

「白井さんは、都内にお住まいですか」

「ええ、そう聞いています」

「今日は家にいらっしゃらないと思いますが、訪ねてみませんか。引っ越しているかどうかくらいはわかるかもしれませんよ」

私に異論はなかった。父の失踪が彼に影響を与えたのではないかと不安だったのだ。その不安を払拭するには、訪ねて確かめるのが一番だ。

電車を乗り継いで、私たちは白井さんの家のある街に到着した。駅前にスーパーやコンビニが数軒ある以外はほとんど住宅地の、静かなベッドタウンだ。住所は知っていたけれど実際に訪ねたことはなかったので、スマホのナビ機能を使って彼の家を探した。

「あ、あれじゃないでしょうか。白っぽいテラスハウス」

　一緒に地図を覗き込んでいた葵さんが、右手にある建物を指差す。住所にある「グリーンテラス」という名前も一致している。間違いなさそうだ。

　四軒連なった部屋の、一番手前が、白井さんの家のはずだ。表札は出ていなかったが、今は防犯上出さない人も多いので、不自然ではない。

「人が住んでいる気配はありますね。白井さんが既に引っ越されている場合もありますが」

「最低でも引っ越したかどうかは、確かめないとですね」

　私は恐る恐る、インターホンを押した。耳を澄ませていると、中で足音が聞こえた。鍵を開ける音がして、チェーンをかけたままのドアがゆっくりと開いた。

「はい……何か？」

　顔を覗かせたのは、三十代前半くらいの女性だった。現れたのが白井さんではなかったことに、落胆する。葵さんが接客時のような完璧な笑顔で尋ねた。

「突然お訪ねして申し訳ありません。白井真弓さんという方を捜しておりまして――あれ？」

　葵さんが戸惑った声を上げたのは、ドアがバタンと閉じたからだ。向こうでガチャガチャと鳴っているのは、チェーンを外す音だろう。そして再び、ドアが勢い良く開いた。

「まあくんに何かあったんですか？」

部屋から飛び出すようにして、女性は葵さんに詰め寄った。「まあくん」とは真弓さんのことか。とすると、彼女は白井さんの知り合いなのだろうか。

「僕らは事情があって、白井さんを訪ねてきました。僕は彼と直接面識はありません。彼女は白井さんと昔からの知り合いですが、一年前に会ったきりだそうです」

私は女性に、白井さんがかつて父の香水店に勤めていたことを説明した。

「電話もメールも繋がらないので、心配になって来たんです。ここにはもう、いらっしゃらないのでしょうか」

女性は徐々に落ち着いてきたらしく、初めにドアを開けた時のようにおっとりとした雰囲気に戻った。

「ああ、よかったあ。彼がどこかで事故に遭ったとか、そういうご連絡ではないんですね……」

女性は誰にともなく呟き、ドアを開けて促す。

「狭いですが、どうぞ。こちらの事情をお話しするには少し、長くなりそうですから」

二脚の椅子を私たちに勧め、彼女は自分用にスツールを引っ張ってきて、腰かけた。

「私は川澄《かわすみ》玲奈《れいな》と申します。まあく……真弓さんとは、二年ほど前から一緒に暮らしていました。彼とは同じ勤め先ですが、私は休日出勤が多い部署にいるので、今日はその振替で偶然家にいたんです」

川澄さんはきっちり膝をそろえ、自己紹介した。白井さんに似て、真面目そうな人だ。

人柄を表すように艶やかな黒髪が、まっすぐ肩に伸びている。

私に視線を合わせ、川澄さんは続ける。

「真中先生のことは、真弓さんから何度もお話を聞いています。海外で活躍された調香師で、人柄も含めて素晴らしい方だと。行方不明になられたと聞いて、私も彼も心配していましたが、彼が半年ほど前に突然、真中先生を捜すと言い出して海外に……」

ぽかんとしている私たちに、川澄さんは慌てて言った。

「あ、居所は大体連絡が来ているので大丈夫ですよ！　携帯に通じないのは海外で安く使えるＳＩＭフリーに替えたからで、たぶん連絡先の引継ぎとかは、バタバタしていてできていなかったんだと思います。でも、海外って何が起こるかわからないので、さっきは少し動揺してしまいました。うっかり屋なんです」

照れ笑いの顔は、川澄さんの真面目そうなイメージをいい方向に崩していて、私は彼女に好感を持った。

「でも、真中先生に関わることだから、娘さんにはお話ししておくべきでしたよね。気が回らずすみません」

頭を下げた川澄さんを前に、今度はこちらが慌てる。

「私の父のことでそこまでしてくださっていたなんて、申し訳ないです。せっかくのお二人の時間を……」

それに、父はもう――。喉元まで出かかったが、ちょうど遮るように葵さんが言う。

「ともかく、白井さんが御無事で良かったです。彼まで行方不明だったら、事件ですからね」

冗談めかした葵さんに、川澄さんは小さく笑った。

「ええ、ご心配なく。茉莉さんも、お父様が帰られるまで待っていてくださいね。きっと、真弓さんが連れ帰ってきますから！」

一緒に待ちましょうと強く言い切った彼女に、心が痛んだ。

浮かない私の顔を別の意味に取ったのか、川澄さんは立ち上がり、箪笥の引き出しの一番上を開けた。透明なガラスの小瓶を持ってきて、私たちの前にコトリと置く。

「それは……？」

私が戸惑いがちに尋ねると、川澄さんは瓶を愛おしげに撫で、答えた。

「私のために、真弓さんが作ってくれた香水です。少し前に、真弓さんのいるパリから届きました。真弓さんが真中先生を追いかけた理由は、この香水を完成させるためでもあったみたいで」

「真中先生とその香水に、どんな繋がりがあるのでしょう」

葵さんの質問に、川澄さんが記憶を辿るように宙を見ながら答える。

「彼が言うには、この香水にはあと一つ必要不可欠な香料があったんです。天然香料で、真中先生がお持ちのものが最高級品なのだと聞きました。ところが、一年前に真中先生が失踪された時、その香料もなくなっていたらしくて……。先生がお持ちに違いないと言って、真弓さんは真中先生を捜す旅に出てしまったんです」

なるほど、大体の事情はわかった。今の話から、私もおぼろげながら思い出す。

「言われてみれば、容器ごとなくなっている香料があると白井さんがおっしゃっていた気がします。どんなことでも父の行き先の手がかりになるかもしれないからと、確認してくださって」

「その香料が何か、思い出せそうですか」

「……すみません、そこまでは」

葵さんの問いかけに、私は力なく首を横に振った。川澄さんは肩を落とす私を励ますように、明るく言った。

「この香水が完成したということは、真中先生に再会できたってことじゃないでしょうか。きっと先生も、黙って姿を消してしまったから、あなたに連絡するのが気まずいんだと思います」

「なるほど、それはあり得ます。白井さんも、真中先生に頼まれて内緒にしているということですね」

笑い合う葵さんと川澄さんに挟まれ、私は曖昧に頷いた。

「真弓さんは、私へのメッセージをこの香水に込めたと言っていました。私も考えてみましたが、素人には見当もつかなくて。……そうだ茉莉さん、この香水にどんな香料が使われているか、調べてみるのはどうですか。真中先生がどの香料を持ち出したかわかれば、手がかりになるかもしれませんよ」

「なくなった香料と真中先生が失踪してしまった理由が、繋がっているかもしれないというわけですね」

名案だと盛り上がる二人を尻目に、私はまったく別のことで動揺していた。白井さんから届いたという、香水瓶。先日私のもとに届いた父からの香水瓶も、同じ形をしていた。

一体、何が起きているのだろう。白井さんが帰れば、明らかになるのだろうか。早く真相を知りたいけれど、知ることが怖くもあった。

Thé《テ》 et《エ》 Madeleine《マドレーヌ》に戻ると、葵さんは早速白井さんの香水をGC／MSで分析していた。私は葵さんに頼まれ、香水を嗅いでみた。包み込むような温かい感じ、という印象だったのでそのまま伝えたが、その程度の感想が役に立つのだろうか。

みのりさんにも、すぐに連絡した。電話で白井さんのことを説明すると、彼女は驚いた様子だった。「大人しい顔して案外無鉄砲なのよね。適当なところで諦めて帰って来てくれれば良いけれど」と、みのりさんは帰りを待つ川澄さんを案じていた。

「ともかく、一度そちらに伺うわ。志野さんに、いつがよいか予定を聞いてくれるかしら」

了承して電話を切った後、ふいに不安に襲われた。私のついた嘘が、もうすぐばれてしまうのではないか。

いてもたってもいられず、安心したくて地下の工房に行くと、葵さんはまだパソコンとにらめっこしていた。

「葵さん、何かわかりましたか」

モニターから目を外して、彼は頷く。

「おおよそのところは。自由な発想というか、あまりない組み合わせですね。真中先生と似た調香をされるのかと思いましたが、まったく違いました。白井さんの個性を感じます」

「父はいつも、何でも試してみろと言っていましたから、その影響でしょうか。当時は何のことかわかりませんでしたが、アコードなんてぶち壊せって……今考えると、無茶苦茶ですね」

葵さんは噴き出し、さすが真中一世だと愉快そうに言った。

「たぶん、基本に囚われ過ぎるなということでしょうね。彼の香水は、調和していても、どこか自由奔放なものが多いんです」

私を隣に呼び寄せると、葵さんはパソコン画面を見ながら説明してくれた。

「この香水には、主役として配置された香料が三つあります。茉莉さんが包み込むような温かさを感じた香りは、サンダルウッドだと思います。主成分のサンタロールは合成が難しいので、香りの似た別の成分を用いることも多いのですが、これには本物のサンタロールが含まれているので、抽出されたオイルが使われているようですね」

そこまでこだわりがあるということは、この香水の中で重要な役割を果たしているのだろう。

「続いて二つ目が、スミレの香料です。香水の香料として一般的ですが、こちらも天然香料のようですね。バラの香料を抽出した時に実感されたと思いますが、天然のスミレの香料も大量に花弁を使うため、高価で貴重です」

葉山邸の温室や工房での作業は、まだ記憶に新しい。深く頷いた。

「最後に、僕があまりない組み合わせと言ったのは、イチゴの香りです。ラストノートで、より際立つように調香されていますね」

葵さんが、香水を吹き付けてからしばらく経ったムエットをくれた。食べる直前、水で軽く洗った後のような、瑞々しいイチゴの香りだった。

「わあ、こんな香料があるんですね。お菓子に使うイチゴの香料じゃなくて、生のフルーツの香りに近いです。グレープフルーツの香りもあるので、甘すぎなくて良いです」

つい、エラそうに批評していたことに気づいて赤面したが、葵さんは完璧なコメントだと褒めてくれた。

「川澄さんは誠実で凛とした方でしたので、甘さより清々しさをイメージしたのかもしれませんね」

サンダルウッドとスミレ、そしてイチゴ。この三つの香料に、どんなメッセージが込められているのだろう。

「サンダルウッドについては、白井さんご自身を示しているのではと思いました」

「白井さんを、ですか」

葵さんは確信に満ちた顔で頷いた。

「サンダルウッドの別名は、白檀です。香木の一種として有名ですね。そして白檀の檀の字は、訓読みで『まゆみ』と読めます」

「『白』井『真弓』……。すごい、確かに白檀ですね」

白井さんのアイディアに、ワクワクした。それなら、スミレかイチゴが川澄さんを示すのだろうか。私たちは彼女の名前と結び付く要素を探したが、白檀の時ほどピンとくる答えは出なかった。

「あるいは。川澄さんを指すのではなく、白井さんのメッセージが何か込められているとしたら、どうでしょう」

「メッセージというと……あ、ちょっと待っててください」

私は離れに行って、本棚から「花言葉辞典」を取ってきた。花言葉なら、一種類の花でも思いを伝えることができる。手始めに、五十音順で先に来るイチゴを調べてみた。

「イチゴ、イチゴ……あ、ありました！　『幸福な家庭』、です……」

読み上げた途端、胸に苦しさが込み上げてきた。この香水はきっと、プロポーズと共に渡すことを想定して作られているのだ。幸福な家庭を築こうという、彼の決意を込めて。

もし、白井さんが真実を知ったら、この香水はどうなってしまうのだろう。香水と父は、彼の中で強く結びついているはずだ。父のことが二人の未来に影を落とすような結果にはならないでほしいと、私は願った。

「さて、あとは残りの一つ、スミレに込められたメッセージですね。やはり、川澄さんを示すものだと考えるのが自然ですが」

私の青ざめた顔を見たからか、気を取り直すように葵さんが言う。私も一緒に気合を入れ直したが、先ほども一度考えているので、アイディアが出尽くしてしまった感があった。

「お名前に植物の名前が入っていれば、すぐにわかりそうですけど……」

残念ながら、川澄玲奈という文字に、植物の要素は見つけられなかった。ローマ字に変換したり、一部を英語にしたり、色々と試してみたが、行き詰まってしまった。かといって、誕生花や好きな花というのも理由として弱い気がする。

「アナグラム、でしょうか」

葵さんは紙に川澄さんの名前を書いた。漢字の下に、平仮名とローマ字で書いた名前を並べる。

私の目に留まったのは、平仮名の「かわすみれいな」の文字だった。見覚えのある字面のような……しばらく考え、あっと大きな声を上げた。

「葵さん、見てください。平仮名で書くと、ほら。苗字と名前をまたいでいますけど、〝すみれ〟が入っています！」

「茉莉さんすごいです、天才！」

手放しで褒められると、私も悪い気はしない。でも、気づいたのには理由があった。

「私の母の名前、漢字一字で菫《すみれ》なんです。だからなんとなく、見覚えがあるなあと思って」

「なるほど。でも、本当にお手柄ですよ。白井さんのお話によると、使われた天然香料のどれかが、この工房から消えているということになりますが……」

葵さんは香料の並ぶ棚に向かい、三つの香料を探した。棚は弧を描くように丸みを帯びていて、夥しい数の瓶がこちらにラベルを向けている。手前に平らな台が作りつけられ、調香ができるようになっていた。

「香水は音楽によく例えられて、『ノート』という言葉は音楽用語で『音符』を示しますが、この調香台にも『オルガン』という別名があるんですよ」

「オルガン……あっ、パイプオルガンに似ているからですか」

「正解です」

コンサートホールで見かける、迫力ある楽器だ。大きすぎて壁の一部のようだが、ずらりと並ぶ金属のパイプも楽器の一部なのだ。あの壮大な楽器と目の前の調香台ではずいぶんスケールが違うが、一つ一つの香料が音を構成し、美しい調和《ハーモニー》を生むと考えれば、共通点があるといえるかもしれない。

「オルガン」を眺めていて、香料の配置を整理したのも几帳面な白井さんだったと、みのりさんから聞いたことを思い出した。今はAからアルファベット順に並んでいるが、以前は父が適当な場所に戻していたので、すぐに見つからなかったり、ないと思って新しいものを注文してしまったりしたことがあったらしい。

「イチゴ――fraise《フレーズ》と、サンダルウッド――santal《サンタル》はありますが……」

私は葵さんの指さした場所を覗き込んだ。棚のVの段――スミレはviolette《ヴィオレット》だからそこにあるはずだ――に、スミレの香料はなかった。ぽっかりと穴が空いたように何もない場所があり、そこに容器が置かれていたようだ。

「消えたのは、スミレの香料だったんですね」

母の名と同じ、スミレ。父は、母の代わりにと持ち出したのだろうか。

「父はまだ母のことを愛していて、ずっと、寂しい思いをしていたのかもしれません。それなのに私、父を突き放すようなことを言って……」

――お父さんが香水ばかり構ってるから、お母さんはいなくなっちゃったのよ！

よれよれの服と伸び放題の髪で工房に籠っている父を見ているのが、耐えられなかった。昔はもっと身ぎれいにして、はつらつとしていたのに。苛立ちが溜まっていって、いつしか、家族がばらばらになってしまった原因を父に押しつけようとしていた。家を出たからと知らんぷりして何もしなかった私にも、責任はあったはずなのに。

「茉莉さん」

俯く私に、葵さんの優しい声が降ってきた。

「大丈夫ですよ、あと少しの辛抱です。必ず、すべてが良い方向に向かいますから」

葵さんは自信に満ちた表情だったが、私にはどう逆立ちしても信じられなかった。

「……ごめんなさい。私はきっと、葵さんの期待を裏切ってしまいます」

「さて、それはどうでしょう。裏切られるのは、茉莉さんかもしれませんよ？」

初対面の時のように、彼はちょっと悪い顔をして言った。

「でも私は、ずっと嘘を――」

「構いません、嘘つきでもほら吹きでも。何があっても、僕はあなたを守ります」

違う時に、違う立場で今の言葉を聞けたなら、どんなに良かっただろう。目尻に涙が溜まっていく。嬉しいはずの彼の思いは眩しすぎて、私の絶望はより暗く深くなった。

「嘘つきは、僕のほうかもしれません。騙されたと思って、信じてください」

「なんですか、それ。どっちがどっちかわかりませんよ」

また少し悪い顔になる葵さんがおかしくて、思わず吹き出す。そこまで言うのならほんの少しだけ、彼に騙されて夢を見ていよう。夢はいつか覚める。覚悟していれば、寂しさも少しは軽くなってくれるだろう。

「そろそろ、いらっしゃるころですね。茉莉さん、お茶の準備は良いんですか」

今日は五月二十日。営業終了後、みのりさんが訪ねてきてくれることになっていた。

「みのりさんお手製のハーブティーを持ってきてくださるみたいなので、お任せするつもりです。私がハーブを育て始めたのは、みのりさんに憧れていたのもあるんですよ」

ティーポットとカップは出しておこうと、店舗奥の簡易キッチンに一通り並べ終えたところで、ドアベルが鳴った。

「こんばんは。今日も仲睦まじく二人で働いていたみたいね」

「ちょっとみのりさん！　変な言い方しないでください」

焦ってカップを落としそうになり、私は抗議した。

「お茶を淹れるようでしたら、手伝いますよ」

一方の葵さんは悔しいくらい普段通りだ。茶葉を受け取ろうとする葵さんに、みのりさんはお礼を言いつつやんわり断っていた。

「大丈夫よ、そんなに手間じゃないから、茉莉ちゃんも座っていて。蒸らし具合を確認しながら淹れたいの。……それに、志野さんには例のモノを用意してもらわなきゃ」

例のモノとはもちろん、『マツリカ』のプロトタイプのことだ。残されたレシピと、再現された香水。私と葵さんは大人しくキッチンを出て、テーブルについた。葵さんは折りたたまれている黄ばんだ紙を、丁寧に開いている。

「もしかして、父の書いたレシピですか」

「僕はそう期待しています。紗倉さんにも見ていただいたら、はっきりすると思いますが」

私も見せてもらったが、専門用語なのか略称なのか、わからない言葉ばかりだった。走り書きなので、余計に読みづらい。

「茉莉さん、比較するために製品化された『マツリカ』が欲しいのですが、今お持ちですか」

「ええ、離れに私のものが置いてあります。取って来ましょうか」

プロトタイプについて話す時に必要だろうと思い、先に取りに行くことにした。ちょうど、トレーにカップとポットを載せたみのりさんとすれ違う。カモミールの香りが、ふわりと漂ってきた。カップの中には、ピンク色のドライローズの蕾が入っている。しかし、トレーをテーブルに置いたみのりさんは、ハーブティーはそっちのけで早速レシピを眺めていた。その様子を横目に見て、私は離れに向かった。

『マツリカ』製品版のボトルは、ベッドサイドのテーブルにいつも置いてある。特に理由はないはずなのになんだか嫌な予感がして、私は香水のボトルをお守りのように握りしめ、何も起こりませんように、と祈った。


店に戻ると、香水瓶がテーブルに置かれていた。これから香りを確認するようだ。

「こちらです。どうぞ」

私も興味があったので、ムエットを一枚もらって香りを嗅いでみた。ジャスミンを基調とした、素朴な香りだ。特別、煌びやかではないけれど、日常に少し華を添えてくれるような親しみやすさがある。でもこれは——。

「私の知っている『マツリカ』と同じような……」

私の小さな呟きは、みのりさんの声にかき消された。

「これ、これだわ。確かに、プロトタイプの香りよ。商品化されたものと微妙に違って、奥行きがあるの。何を調合しているのか、その正体まではわからないけど」

なるほど、私の鼻では嗅ぎ分けられなくても、プロには違いがわかるのだ。私の発言は二人に聞こえていなかったようで、安堵した。みのりさんはレシピを眺めながら、興奮した様子で呟く。

「微妙に配分が違うわね。『マツリカ』にはない香料もあるし……ああごめんなさい、忘れていたわ」

みのりさんはようやく、ポットから三客のカップにハーブティーを注いでいく。紅茶をベースにしているらしく、赤みがかっていた。鮮やかなピンク色のドライローズの蕾が浮かび上がり、華やかな香りが漂う。

「はい、どうぞ。ちょっと苦いけれど、体にいいわよ」

お茶を飲みながら私と葵さんは、白井さんが父を捜しに旅に出てしまったことや、彼が同棲中の恋人に送った香水のことを、みのりさんに詳しく説明した。彼女は頷きながら聞いていたが、マツリカのレシピに気を取られているのかどこか上の空のようにも見えた。

「みのりさん、お疲れのようなら、もうお開きにしますか」

彼女が一番気になっていたのは『マツリカ』のプロトタイプだろうから、目的は達したはずだ。そう思って声をかけると、彼女は首を横に振った。

「ごめんなさい、ちょっと考え事をしていたの」

みのりさんは真剣な表情になり、私に向かって言った。

「……茉莉ちゃん。志野さんにあの部屋を見てもらって、全部お話ししたらどうかしら」

「え……？」

突然のことで反応できない。みのりさんはさらに、言葉を重ねた。

「私も初めは、誰にも明かすべきじゃないと思ったわ。でも、彼なら信用できる。私たちより頭も回る。きっと、助けになってくれるはずよ」

「わかっています……でも、葵さんを巻き込むのは……」

葵さんだったら、助けてくれるかもしれない。もちろん、話して楽になれることもあるだろう。でも、彼は母との思い出の香水を作った調香師、真中一世を純粋に尊敬している。もし、真中一世のあんな事実を知らされたら、「優しくなりたい」と寂しそうに言い、「私を守る」と約束してくれた彼を悩ませることは目に見えている。

「あ、あの、みのりさん。私は――」

「――紗倉さん。それは、茉莉さんが抱えている秘密についての話ですか？」

言い淀む私をやんわりと制して尋ねた葵さんに、みのりさんは艶やかに微笑んだ。

「そうよ。あの『開かずの間』の中を、あなたに見せてあげる。あなたが茉莉ちゃんを大事に思っているなら、ね」

葵さんはほとんど考えるそぶりを見せなかった。

「見せてください。茉莉さんの力になれるなら」

「じゃあ、決まりね」

みのりさんと葵さんは、一緒に席を立った。地下に向かおうとしている二人を、私は慌てて追いかける。

「待って、みのりさん。私は――」

「大丈夫よ、茉莉ちゃん。私たちが、守ってあげる」

包み込むように、みのりさんが私を抱きしめた。そして耳元で、こう囁いた。

――だってあなたには、もう他に頼れる人がいないでしょう?

みのりさんの声が、頭の中でこだまする。そうだ、両親は私のもとを去ってしまった。これ以上、失いたくない。頷いた私の頭を、みのりさんはいい子ねと撫でた。

地下に降りた私たちは、かつての父の書斎であり、今は「開かずの間」となったドアの前に立っていた。みのりさんが、バッグの中から鍵を取り出し、鍵穴に差し込む。

「鍵は、あなたがお持ちだったんですね」

葵さんの声に、みのりさんは薄く微笑んだ。

「ええ、失くすのが心配だから持っていてほしいと、茉莉ちゃんに言われたの。人に頼めなかったから、私が錠を取り付けたのよ」

鍵は何の問題もなく、カチリと小気味良い音を立てて回った。

「――さあ、開けるわよ」

みのりさんがドアノブに手をかけるのを、私はどこか遠くの世界の出来事のように眺めていた。そのまま、全部遠ざかって、なかったことになってしまえばいいのに。

呆然と立っていた私を現実に引き戻したのは、強烈な臭いだった。バラの香りだろう。時間が経って花弁も茎も腐り、息を止めたくなるような悪臭がした。

でもそれは、私の思い込みだったのかもしれない。葵さんはともかく、みのりさんも、平気な顔をしていた。

ドアを開けたみのりさんは、室内へと足を踏み入れた。躊躇のない足取りで、部屋の突き当たりに置かれたクローゼットの前に立つ。

「あ……！」

止める間もなく、両開きの扉の片側が開け放たれた。垂れ下がる、見覚えのあるモスグリーンのカーディガン。私は悲鳴をのどに押し込むように、口元を覆った。袖から、白く細長いものが覗いている。

「これが、私たちの秘密。真中一世の、真実よ」

みのりさんは振り返り、葵さんに告げた。

「真中先生は一年前、この部屋で自殺したの。見つけた時にはもう、手遅れだったわ……」

悲し気に目を伏せるみのりさんの言葉をかき消すように、私は叫んでいた。

「違う、私のせいなんです。私が父に、ひどいことを言ったから。すぐに、様子を見に来ていたら……！　私が、父を殺したんです！」

みのりさんが慌てた顔で駆け寄り、支えるように私の肩を抱いた。

「今まで誰にも言えなかった理由が、わかってもらえたかしら。本当のことが知られたら、この子は壊れてしまう。真中先生も調香師としてでなく自殺者として、世の中に名前が出てしまう。どうすればこの子が平穏に暮らせるか、わかるでしょう？　あなたにも、知恵を貸してほしいの」

みのりさんの訴えを受けた葵さんは、無言でクローゼットに近づいた。いつもの穏やかさが微塵も感じられない表情で、彼女を見据える。

「葵さん……？」

私には彼が、ものすごく怒っているように見えた。今までそんな表情を見たことがなかったけれど、目の奥で炎が燃え盛っているみたいだった。みのりさんが、怯んだように瞳を揺らした。

「それは、あなたの作り上げた、嘘のシナリオですね」

葵さんは言い切って、クローゼットの扉のもう片方を開けた。振り返り、私を見て優しく微笑む。

「よく見てください、茉莉さん」

葵さんはモスグリーンのカーディガンに手をかけ、捲り上げた。

「待って！」

みのりさんが叫んだが、葵さんは構わず、カーディガンごとクローゼットの奥にあったものを引っ張り出した。ガラガラと、思いのほか軽い音がした。

「なるほど、骨格標本ですね。女性のあなたでも、比較的軽くて扱いやすい」

「標本……偽物ってことですか？」

葵さんは私を安心させるように、穏やかな声で言った。

「想像してみてください。仮にここに本物の遺体があったとしたら、バラの香り程度では隠し切れない腐敗臭がするはずです。おそらく、店の一階どころか外にまで臭いが漏れるでしょう」

「そんな……」

思ってもみなかった事実に、私は混乱した。必死に、あの日の記憶を引っ張り出す。部屋の中に、クローゼットの前に佇むみのりさんがいた。彼女はか細い声で、中に父がいたと言ったのだ。

「言われた時、茉莉さんはクローゼットの中を確認しましたか？」

「いいえ、とても見る勇気はありませんでした……」

私は首を振り、小さく答えた。みのりさんの口から父の死を聞かされただけで、打ちのめされてしまったのだ。とても確認できる状態ではなかった。

「でも、机の上に遺書がありました。あれは父の筆跡だったと思います」

少し落ち着きを取り戻して、蘇ったあの日の光景を口にした。

「それもおそらく、紗倉さんが手を加えたのだと思いますが……罪悪感と精神的ショックで正常な判断ができない状態の茉莉さんに、あなたは暗示をかけるようなことをしたのでしょう」

葵さんの鋭い視線を受け、みのりさんは唇を噛んだ。思わず、隣に立つみのりさんから一歩離れる。彼女は縋るように私を見たけれど、怖くなって目を逸らした。もう、何を信じればいいのかわからなかった。

「さて、話は変わりますが。紗倉さん、一つお聞きしたいことがあります」

澱んだ空気の部屋の中で、葵さんの玲瓏《れいろう》とした声が響いた。

「先ほどあなたが香りを確認した、『マツリカ』のプロトタイプ。あの香りは、製品化されたものと本当に違いましたか？」

「なぜ今そんなことを聞くのかしら。さっき言ったでしょ、違うって。レシピを確認してわかったわ。私が感じた明確な違いの正体は、クマリンという成分だった。桜餅の、葉に含まれる香り成分よ」

「確かですか？」

みのりさんは言葉と裏腹に、どことなく不安げに頷いた。葵さんは彼女が答えを覆すつもりがないことを念押しするためか、たっぷりと時間を空けて、口を開いた。

「実は、あのレシピは丸っきりの嘘です。先ほどの香水には、クマリンなんて入っていません。それどころか、製品化された『マツリカ』と、まったく同じものです」

　葵さんの言葉に、みのりさんは顔色を失った。とどめを刺すように、葵さんは続ける。

「紗倉さん。あなたは、嗅覚に障害がありますね。おそらく、交通事故で頭を打った後遺症が原因で。以前この店にいらした時、香水を確認する仕草が僕と非常に似ていると思いました。あなたは真っ先に、香水のラベルや成分表示を見ていた。ご自分の店で接客されていた時も、お客様がつけている香水の系統に気づいていない様子でした。だから、罠を仕掛けさせてもらいました」

「まさか、みのりさんまで……」

　私は信じられない思いだったが、みのりさんが反論する様子はない。それが答えなのだ。

　みのりさんはゆっくり息を吐くと、力なく近くの机に手をついた。

「完敗だわ。ここまで見破られてしまったら、もう言い逃れはできないわね」

「どうして茉莉さんを騙したのか、説明していただけますか」

　なおも追及を緩めない葵さんに、みのりさんは項垂れて答えた。

「私にはどうしても、香水のレシピが必要だったのよ。嗅覚障害をごまかし続けるのも、限界だった。だから、真中先生のレシピが、特に『マツリカ』のプロトタイプのレシピが、喉から手が出るほど欲しかったの」

　むせ返るような腐ったバラの香りの中、みのりさんの悲痛な告白が響く。彼女の悲しみが流れ込んでくるようで、胸が痛んだ。

「真中先生がいなくなったと聞いて駆けつけた時、私はこの部屋で茉莉ちゃん宛の書き置きを見つけた。文面は、こうよ。『茉莉、すまない。しばらくの間、パリに行く。必ず戻る。』」

「じゃあ、私はその一部だけを見て……」

私が見たのは、「茉莉、すまない」という一文だけだった。その続きはみのりさんによって破り取られてしまったのだ。

「悪魔が囁いたの。先生はしばらく帰って来ない。携帯電話も持っていないから、すぐに連絡が来ることもない。茉莉ちゃんを騙して先生が死んだことにすれば、この店に残るレシピを持ち出して自分のものにできるって」

衝撃に声を失う私の隣で、葵さんが問いかける。

「プロトタイプのレシピはありませんでしたが、工房には他にも真中先生の書き残したレシピがあったはずです。それを持ち去ることもできた。でも、一年たってもあなたは盗作しなかった。それは、なぜですか」

みのりさんは黙り込んだまま、口を引き結んでいた。葵さんが訴えかけるように言う。

「本当は、気づいていたのではありませんか。盗作に手を染めれば、もう後戻りできなくなると。『創造』を諦めた調香師は、ただ材料を混ぜ合わせるだけの機械と同じです」

厳しい言葉は、葵さん自身にも向けられているのだろう。彼は嗅覚を失っても、調香師であり続けようとした。未知の香料が使えずとも、新しい香水を作ることはできる。自分なりの「創造」を、諦めなかった。

みのりさんは両手で顔を覆い、呻いた。

「よりにもよって、嗅覚を失うなんて！　私の人生はもう終わりよ。香水は、私のすべてだったのに……」

「みのりさん……」

ずっと騙されていたとわかっても、彼女を恨む気持ちは湧かなかった。ただ悲しくて、やるせなかった。

みのりさんの光の消えた目が、葵さんを捉える。

「それでも、私は知られるわけにはいかないのよ。今まで築き上げたものがなくなったら、もう生きていけない。だからあなたは……消えてちょうだい」

ぞくりと、悪寒が走った。本能的な恐怖を感じ、逃げなければと警鐘が鳴る。思わず、横にいた葵さんの袖をつかんだ。

ゆらりと、みのりさんが一歩こちらに近づく。しかし次の一歩で、彼女は大きくよろけた。頭を押さえ、不思議そうな表情を浮かべる。葵さんは落ち着き払って、彼女に声をかけた。

「あなたが僕に淹れてくださったハーブティーには、〝安眠効果〟があったようですね」

何かに気づいたように、みのりさんの顔が歪んだ。口を開きかけたが、声を出すことは敵わなかったようで、がくりと膝をつく。そのまま机の脚にもたれるようにして倒れ込み、糸が切れたように目を閉じてしまった。彼女が倒れた拍子に、カーディガンのポケットから何か小さな物が落ちた。

「ライター……？」

みのりさんは喫煙者ではないはずだ。煙草の強い香りは、言うまでもなく調香の邪魔になる。

「あまり考えたくはありませんが、火を放とうとしていたのかもしれませんね。これまでの彼女の行動から推測するに、衝動的で後先を考えないタイプのようですから」

「火を放つって、まさかこの店に？」

「ついでに僕も、でしょうね」

葵さんは笑顔で付け加えたが、笑っている場合ではない。

「茉莉さんは、異常な眠気や頭痛はありませんか」

大丈夫だと頷く。その質問で、大体の事実を把握した。

「みのりさんは葵さんのカップに、睡眠薬を仕込んでいたんですね」

おそらく、あらかじめ入っていたドライローズの蕾の中だ。みのりさんに目をやりながら、葵さんが頷く。

「紗倉さんがレシピに夢中になっている隙に、彼女と僕のハーブティーをすり替えておいたんです。念を入れたつもりでしたが、的中して嬉しいやら悲しいやら。さすがの彼女も、茉莉さんを手にかけるつもりはなかったのが救いでしょうか」

葵さんがため息をつき、呟く。緊張が解けて、私たちは力の抜けた笑みを交わした。

「茉莉さん、お父様は、生きていますよ」

葵さんの口調は、確信に満ちていた。

「そう、みたいですね。でもまだ、信じられなくて……」

感情が追いつかずにいる私に、葵さんは更なる衝撃の事実を告げた。

「数ヶ月前、僕はパリで真中先生にお会いしたんです」


翌日の昼過ぎ、私はあくびをかみ殺しながら庭に水をやっていた。迷ったけれど、みのりさんのことは警察に通報した。行方不明の届けを出していたし、父の失踪は商店街の人たちにも知られていて、内輪で収めるには大ごとになっていたからだ。でも、できるならみのりさんが立ち直る手助けをしたい。葵さんには、お人よしだと呆れられたけれど。

昨夜は警察の人が来てちょっとした騒ぎになり、今朝も事情を聞かれた。昼前には解放されたけれど、慣れないこと続きで体がだるい。

葵さんの勧めもあり、母には昨夜のうちに連絡した。川澄さんにもメールを送ったから、今もパリに父がいるのなら、白井さんを通じて父にも伝わるかもしれない。

蛇口を捻って、ホースの水を止める。タイミングを見計らったように、葵さんが顔を覗かせた。

「お疲れ様でした。ようやく人心地つきましたね」

「巻き込んでしまって、すみません」

私が気にする必要はないと葵さんは言ってくれたが、疲れの滲んだ顔に、申し訳なく思った。

「ご両親から、何か連絡はありましたか」

「母はもうすぐ、帰ってくるそうです。父からは、何も……あっ！」

突然大声を上げた私に、葵さんがびくりと肩を揺らした。

「すみません、すっかり忘れていたことが……」

口で説明するより早いと、私は葵さんを残して離れに向かった。引き出しから、四角い箱を取り出す。パリの父から届いた、香水だ。香水瓶だけを手に葵さんのところに戻り、事情を説明した。

「ふふ、その時の茉莉さんにとっては、幽霊から届いたようで気味が悪かったわけですね」

「ええ、そんなことあるはずないと思って、怖くなりました」

「この瓶の形は、白井さんから川澄さんに届いたものと同じですね」

私が感じたことを、葵さんも指摘した。

「父がパリにいるのなら、二人は一緒にいるのではないかと思います。そしてそれぞれ、自分が作った香水を送った……」

「白井さんが求めていたスミレの香料も、無事手に入ったということですね」

葵さんが納得したように頷き、私が持つ香水瓶に視線を移した。

「茉莉さん宛に届いたのならば、この香水にはお父様から茉莉さんへのメッセージが込められているのでしょうね」

　香水が届いた日の、胸が苦しくなる感覚を思い出し、私は蓋を開けることを躊躇した。父がどんな思いを抱えているのか、知るのは怖かった。

　香水瓶を握りしめたまま動かない私に、葵さんが寄り添うような優しい声で語りかける。

「真中先生は、茉莉さんのことを大切に思っていますよ。本人の口から聞いたので、間違いありません」

「父と、そんな話を？」

　葵さんが頷く。彼はその時のことを思い返すように、軽く目を伏せて口を開いた。

「僕が真中先生とお会いしたのは、嗅覚が感じられなくなって二か月ほど経ったころです。病院を巡りましたが治療法はなく、人と話しているほうが気がまぎれるので店舗で接客を手伝っていました。パリには観光に来る日本人も多いので、日本語が喋れるだけで重宝されました。ある日、ちょうど僕が勤める店に、真中先生がいらっしゃいました」

　初めは見間違いかと思ったと、葵さんは付け加える。桂木さんから彼は日本にいると知らされていたし、見たことのある写真は若いころのもので、白髪もしわもなかった。

「ですが、香水に関する知識や正確な分析、どれをとっても彼が一流の調香師であることを示していた。だから、思い切って声をかけました」

　嗅覚障害のことを打ち明けた葵さんは、日本に戻るつもりだと話した。そして父に、頼まれたのだ。

「娘が心配だから、様子を見てきてほしいと言われました。娘のせいで家を出たわけではないが、彼女は自分を責めているかもしれない。それに、あの子はしっかり者だけどお母様に似て寂しがり屋だから、と」

「……だから、葵さんはあの店を開くことにしたんですね」

「はい、茉莉さんに近づくには、最も自然な方法ではないかと思ったんです。まさか同じ敷地に住むと言われるとは思いませんでしたが、近くで見守ることができて、僕としても好都合でした」

私は葵さんとの初対面の時を思い出した。あの時は、自死した父の遺体があると信じていて隠すことに必死だったが、彼は彼で、私の体調や精神状態を注意深く観察していたのだろう。今にして思えば、私の言動は怪しすぎた。

「……父は、どうして家を出たんですか」

私のせいではないと聞いて、少しホッとした。でも、父が何を悩んでいたのかは、きちんと聞いておかなければいけないと思った。葵さんは自分のことのように悲しげな顔で、ぽつりと言った。

「香水の力を信じられなくなったと、おっしゃっていました」

「香水の、力？」

「真中先生は、香水に人を幸せにする力があると信じて調香師になったそうです。でも、自分の店を持ち、香水と共に人生を送っていたのに、家族はばらばらになってしまった。新しい香水を作る意欲も、失ってしまった。自分の選んだ道は本当に合っていたのか、自問しながら過ごしていたと聞きました」

父の、寂しげな背中を思い出す。大好きな、人生の一部だった香水を信じられなくなるくらい、思い悩んでいたのだ。心ない言葉をかけてしまったことを、また後悔した。

「その香水はきっと、真中先生が見つけた答えなのだと思います」

手の中の香水瓶に、目を落とす。無色透明の液体は、見ているだけでは何も語りかけてこなかった。

「……本当にこの香水一つで、父の想いがわかるのでしょうか。私に、読み取ることはできるでしょうか」

葵さんは私を急かすでもなく、庭を眺めていた。それから、何かを思いついたように、いたずらっぽい笑みを浮かべた。

「僕があなたに贈った香水の香りを、覚えていますか」

「もちろんです。白い花のブーケが光のように眩しくて、一瞬で明るい気持ちになれる香りでした」

忘れられるわけがない。舞い上がってしまうくらい、嬉しかったのだ。

「実はあの香水には、勇気が出る香りというテーマの他に、物語をイメージしたんです」

「どんな物語ですか」

葵さんの手が伸び、私の服の襟元に指先が触れる。距離が近づいて、ドキドキした。

「想像してみてください」

そんなはずもないのに、あの香水の匂いを感じた。葵さんの言葉は、詩を暗唱しているかのように聞こえた。

「長く暗い、終わりの見えないトンネルを歩く青年が一人。光のほうに歩いていくと、そこには芳しい香りのハーブの庭が広がっています。庭は太陽を浴びて輝き、その中にひときわ美しく可憐な、ジャスミンの白い花が——」

「ちょ、ちょっと、待ってください！」

たまらず声を上げ、遮った。びっくりして、恥ずかしくて、嬉しくて。きっと私は、人生で一番顔が赤くなっている。

「どうでしょう、香水から、僕の気持ちは伝わりましたか」

「伝わりすぎて、パンクしそうです……！」

顔を覆った指の隙間から、葵さんが愉快そうに笑っているのが見えた。

「一つの香水は、時に言葉を尽くすより雄弁ですよ。香水は、調香師の想像力によって作られる。想像の世界は、無限に広がっているんです」

葵さんと同じように、父にとっても、香水は無限の言語なのだ。父の言葉を受け止めようと、私は決めた。

地下の工房で、私は香水瓶を手に葵さんを振り返った。彼が励ますように頷くのを見て、スプレーのノズルボタンに指をかける。力を込めると、シュッという小気味良い音と共に、霧が舞った。目を閉じて、漂う芳香に集中する。

「ジャスミンと、スミレ。それから……ダージリン」

「ダージリン……紅茶、ですか」

葵さんが意外そうな顔をする。確かに、父のラインナップで紅茶の香水は見かけたことはなかった。でも、なぜだか馴染み深い香りだと感じた。フラッシュバックした光景に、ああ、と声が漏れた。

「子供のころ、〝ケーキの時間〟があったんです。二階のダイニングで、家族揃ってケーキを食べる、というだけのことですけど」

「それは楽しそうですね」

葵さんの相槌に頷いて、続ける。

「お店があるから遠出も旅行もできなかったけれど、いつもと違うゆったりとした時間が流れていて、心待ちにしていました。ケーキには紅茶というのがウチのルールで、中でもダージリンの茶葉が、父のお気に入りだったんです」

父も、あの時間を覚えていてくれたのだ。それが知れただけで、通じ合えた気がした。記憶があのころ抱えていた感情と一緒になって、波のように押し寄せる。

「私にとって香水は、姉妹のようなものでした。そばにいることが当然で、好きだったけれど、時々、嫉妬していました」

「香水に、嫉妬を？」

「おかしいですよね。でもあのころは、真剣でした。香水さえなければ、両親はもっと私に構ってくれるのにって。特に父は、すぐ工房に閉じこもってしまうから」

だから、実は香水に対してずっと、複雑な気持ちを抱いていた。背中を押してもらったこともあるけれど、家族との時間を奪ったものでもあるのだ。でもやっぱり、私たち家族を繋ぐのは、香水しかないのかもしれない。

「最初に茉莉さんがこの香水の香りで苦しくなった理由が、わかったような気がします」

「香水に、嫉妬していたからですか」

葵さんはそっと首を振り、否定した。

「香りが、情動を呼び起こしたんです。その感情の名前は――『郷愁《きょうしゅう》』です」

郷愁。過去を懐かしむ気持ち。切なくて、悲しくて、胸が苦しい。そうだ、私は――。

「ずっと、帰りたかったんです。あの頃……家族が一緒にいて、楽しく笑っていたころに」

目の奥がじんわりと温かくなって、溢れた涙が頬を伝う。葵さんが、私の涙を優しく拭ってくれた。

「父も、同じ気持ちなんですね。また、昔のように家族で一緒にいたいって、伝えてくれたんですね」

離れていても、ちゃんと繋がっていた。ジャスミンは私で、スミレは母。「家族は、一緒にいなくちゃな」、と父の声で聞こえたような気がした。

「……でも、このままでは一つ、〝足りない〟と思いませんか」

「ふふ、そうですね」

にやりと笑った葵さんに、私も笑みを返した。

この香水には、母と私はいるけれど、父がいない。三人揃ってこそ、香水は完成するのではないだろうか。

「でも、父を何に例えればいいのか……」

父といえば『マツリカ』だが、ジャスミンでは私と被ってしまう。一世という名前にも、香りと結びつく要素がない。二人で一緒に考えたが、これといった案は出なかった。

しかしそれから数時間後、葵さんが意外なところからヒントを得て戻ってきた。彼が手にしていたのは、スーパーのチラシだった。

「茉莉さん、これです！」

「これは……なるほど！」

まさに、父にピッタリの材料だ。葵さんが早くも、香水の分析と構想を始めている。

「父」が加わって香水がどう変身するのか、今から楽しみだ。

「任せてください。最高の調和《ハーモニー》を、作り上げてみせます」

頼もしく、葵さんは宣言した。

店は少しの間臨時休業をしていたが、明日から再開する予定だった。ドアの前を箒とちりとりで掃除していると、キャスターを転がす音が近づいてきた。振り返ると、母の菫が立っていた。健康的に日焼けして、大きなスーツケースを傍らに置いている。

「茉莉、会いたかった！」

呆然と立ち尽くす私を、海外仕込みのハグが襲う。

「お母さん！　お帰り、ずいぶん早かったのね」

当然よ。母は腰に手を当てて胸を張った。

「可愛い娘が事件に巻き込まれたっていうのに、放っておけるわけないじゃない。あの人も、せめて携帯電話くらい持っててくれれば……」

ぶつぶつ言っている内容から察するに、父とも連絡を取ろうと試みたが、手段がなかったのだろう。

母は店の中にいた葵さんにも声をかけ、深く頭を下げた。

「娘を守ってくださって、ありがとうございます」

いつも陽気な母の声は震えていて、私は少しだけ、泣きそうになった。

そう、本当に、母の言動で感動したのはその一瞬だけだ。新しい店内を興味深げに回り、優雅に私が淹れたハーブティーを飲んでいた母は、特大の爆弾を隠し持っていた。

今、テーブルには離婚届が置かれている。

「ちょっと待って、これ出してなかったの？」

目を白黒させている私の前で、母はまあね、と何でもないように答えた。

「お互い引けなくなって、勢いでつい書いちゃったのよ。お父さんへのあてつけに浮気しようと思ったんだけど、結局できなかったわ。例のフランス人の彼はただの友達。……お父さん、帰ってきてこれ見たら、なんて言うかしら」

ケケケ、と母はヘンな妖怪のような笑い方をした。

つまりこれは、長い長い、夫婦喧嘩だったのか。嬉しいやら呆れるやら、私はへなへなと座り込む。脱力気味にカウンターの向こうを見れば、葵さんが優しく微笑んでいた。


昼食を終え、外の空気が吸いたくなった私は、庭に出て深呼吸した。風に乗って、ミントの爽やかな香りが鼻をくすぐる。初夏を迎えて、ハーブたちは青々とした葉を茂らせていた。少し、土が乾いているかもしれない。ホースを取りに、立ち上がった時だった。ふと気配を感じ、振り返る。

「お父さん……」

所在なげに、父が立っていた。香水で饒舌なメッセージをくれた彼は、相変わらず口下手だった。

「……エウレカは、あったか？」

私はこみ上げる愛しさで、笑顔になる。

「うん、たくさん。……お帰りなさい、お父さん」

ドアベルを鳴らし、遠慮がちな父を中に促す。

「おや、真中先生。戻られたんですね」

店内で商品を整理していた葵さんが、振り返る。その声を聞いてか、母も顔を出した。父がたじろぐのを、意地の悪い顔で面白がっている。

「葵さん、例のもの、どこにありますか」

「どうぞ、こちらです」

葵さんから香水瓶を受け取った私は、戸惑った顔の父の前で香水をひと吹きした。ジャスミンとスミレの淡く甘い香りを、ダージリンが包み込む。そこに加わったのは――。

「これは……レモンを足したのか。うん、良いアレンジだ」

「ただのレモンじゃないの。ユーレカレモン。ユーレカの綴りは、eureka」

「……エウレカか！」

父が顔を輝かせ、叫ぶ。

この香水が、私からのメッセージだ。笑顔のまま涙を浮かべている父にも、私の想いは伝わっているのだろう。

私が香水につけた名前は、「Thé《テ》 et《エ》 Madeleine《マドレーヌ》」。私たち家族の思い出を蘇らせる、魔法の香り。そして、家族の帰る場所だ。

エピローグ

「マツリカ」の調香台《オルガン》

Thé《テ》 et《エ》 Madeleine《マドレーヌ》が再開して数日、店も「雨宿り商店街」もすっかり普段通りに戻った。

「やっぱり我が家が一番だわ」

母は現金なことを言いながら、ぬくぬくとくつろいでいる。どうやらしばらくは、父と一緒にいることにしたようだ。

「お母さんは、お父さんがどうしてパリに行ったのか知ってたの？」

二人きりになった時、母に尋ねてみた。母は首を捻り、なんとなく、と答えた。

「あの人は極端なのよね。うじうじ悩んで、店なんて開かなきゃ良かったなんて言い出して、頭にきちゃうわ。確かに構ってもらえなくて寂しい時はあったけど、私は香水を作っている一世さんが好きなの。香水を否定する彼なんて、見ていられなかった。たぶんあの人も、昔の香水を愛していた自分を思い出したくて、パリに行ったのよ」

その父は連日、葵さんと夢中で香水談義をしている。それでこそ、母の好きな父の姿だ。離婚届が出される心配は、今のところなさそうだった。

付け加えると、白井さんはやはりパリで父を発見し、実は二人一緒に帰って来たそうだ。彼は父が好きだったパリが怪しいと思いつつ、律儀にかつて父が滞在した国を順番に巡っていたらしい。「白井君は相変わらず生真面目だなあ」と父は笑っていたが、滞在費も嵩《かさ》んだだろうし、もう少しすまなそうにすべきではないだろうか。ともかく、白井さんが川澄さんのもとに無事戻ってくれて、私は本当にほっとしていた。

「この店はまた真中先生にお任せするということで、大丈夫ですよね。僕はそろそろ、休職届を提出した会社に顔を出しに戻ります」

葵さんは軽い調子で言ったが、そのまま退職するつもりなのだろうと、なんとなくわかった。彼のいた場所は香りの世界でも一流のプロがいるところで、ハンデを背負ってやっていけるほど甘くはないのだろう。

「まあ、働く場所に困ったらうちに来ればいいさ」

父の言葉は、社交辞令ではないと思う。でも、葵さんのありがとうございますという返事は、社交辞令のように聞こえた。彼はたぶん、ここに戻ってくるつもりもない。さよならしたら、そのままになってしまうかもしれない。

せめて、遠く離れていても私を覚えていてくれるものを渡したい。そう考えた時、やっぱり香水しか思いつかなかった。私はまだ、葵さんに希望を捨ててほしくなかった。いつか、また香りが感じられるようになって、彼が調香師に戻れることを。でもその期待は、葵さんを傷つけることになってしまうだろうか。

「お父さん、ちょっとお願いがあるんだけど……」

私はたぶん、生涯で初めて父に相談を持ちかけた。私も緊張したが、父も同じだったようで、飲んでいたお茶をこぼしていた。

——葵さんに贈る香水を、作りたい。

そう告げると、父の目が輝いた気がした。途端に今までが嘘のように饒舌になり、まずはベースを決めようとか、入れたい香りはあるかとか、ぽんぽん質問が出てきた。

私は葵さんがオーダーメイドの香水を作る時の姿を思い浮かべる。彼はお客様に尋ねる。その人の、イメージは？　何を連想しますか？　お客様や私を包み込んでくれる、海のような、森のような、温かさと安心感。

オークモスの上品な香りはどうだろう。深く静謐とした森のイメージ。彼の優しい声にもぴったりだ。接客をしている姿は、ひたすらに恰好良い。難問も解いてしまう、涼しげな冴えたイメージ。ブラックティー――紅茶の香りは、知的で洗練されたイメージだ。ラストノートには、ムスク。雨の中、抱き寄せられた時。ほのかに甘く、普段はあまり感じない男性らしい香りがした。

私は浮かんできた香りたちを混ぜ合わせ、父の助けも借り、シトラス系の香料を加えて香水らしく整えた。深みがあって心地よく、父は上出来だと言ってくれた。

でもなんだか、物足りない。これではまとまりすぎている気がした。

「葵さんってもっと……〝鋭い〟というか」

穏やかそうに見えて、ここぞという時は牙をむく。みのりさんを追い詰めた時のように。

「それなら、こいつはどうだ。パリで手に入れたんだが、まだ掴みきれてない、可能性を秘めた香料だ」

父は謎めいた漆黒の小瓶を取り出し、とっておきを私に分けてくれた。

「ふふ、なんだかわくわくする。宝物を分けてもらったみたい」

「茉莉は、子供の頃は好きだったよな、ここが」

宝物という言葉に幼い頃の私を感じたのか、工房を見渡して父が言った。

「そう？　あんまり覚えてないけど」

「仕方ないさ、まだ幼稚園に上がるかどうかの頃だからなあ。でも、なんでも口に入れようとするから参ったよ」

なるほど、覚えのない子供時代から、食いしん坊だったらしい。何となく工房に近寄りにくさを感じていたのは、怒られたか追い出されたか、そちらの方が記憶に刻まれているからだろう。

「一番冷や汗をかいたのは、出来上がった香水のボトルをべろべろに舐め回していた時だよ。しかも、蓋がちょっと開いていた。俺が母さんにめちゃくちゃ怒られたなあ」

父は当時の母を思い出したのか、いやあ怖かった、と一人ごちた。

「しかもな、舐めていたボトルには俺の最大のヒット作、『マツリカ』の試作品が入っていたんだ」

「……ん？」

何やら雲行きが怪しくなって、私は話の続きに集中した。

「まあいいかと、試しに品評会に出したら大騒ぎでな、俺も最高の出来だと思ったよ。でも、同じように作っても、二度と同じ香りにならない。理由を考えて、気づいたわけだ。

あれには茉莉の——」

「わ、私のよだれが混ざって、香りが変わったってこと？」

「たぶんそうだろうなあ。唾液の中の微生物と何かの発酵が進んで、あの香りになったんだろう。だからどれだけ教えてくれと頼まれても、再現は不可能だ。レシピなんてものは存在せん」

「えええ……」

くらりとめまいがした。まさか原因、というか原料が私だったとは。道理で、父が秘密にしていたわけだ。

「お父さん、葵さんにはこのこと絶対言わないでね！」

わかったわかったと、父は楽しげにお腹を揺らして笑った。

「謎のままのほうが良かった……」

私はどっと疲れて、作業台に突っ伏した。


五月の終わり。羽田空港の国際ターミナルは、忙しなくもどこかウキウキする明るい雰囲気で満ちていた。私は片隅の椅子に座り、行き交う人をぼんやり眺めながら、葵さんが搭乗手続きを済ませるのを待っていた。

「茉莉さん、お待たせしました」

「颯爽」を体現するかのように、葵さんが戻ってきた。すれ違った女性の二人組が、「あの人、恰好いい」とひそひそ噂しているのが見える。私はぴょんと椅子から立ち上がり、宣誓した。

「葵さん、私、決めました。大学に戻って、まずは博士号をちゃんととります。途中で投げ出すことは、絶対にしません」

私たちは雨宿りを終え、それぞれの場所に帰る日が来たのだ。雨はまだ降り続けているかもしれない。傘が役に立たないくらいの暴風雨かもしれない。それでも、外に足を踏み出さなければならない時がある。

「実験がうまくいかなくて、つらくなるかもしれません。研究室に戻るのも、正直まだ怖いです。でも、負けません。だから、葵さんも負けないでください。つらい時にはこれを……というほどのものではないですが、お餞別《せんべつ》です」

「ありがとうございます。開けても良いですか」

私たちは並んで椅子に腰かけた。葵さんの指が丁寧に包みをほどいていくのを、息を詰めてずっと見つめていた。

「香水です。葵さんにとっては、今はもう見たくないものかもしれないですけど。でも、諦めてほしくなくて……」

「茉莉さんが、これを……？」

「はい。父にも手伝ってもらいました。葵さんが教えてくれたやり方を真似て、仕事中の葵さんのことをイメージして、作ったんです。……葵さん？」

彼は顔の下半分を隠すように、手で覆っていた。心なしか、赤い気がする。もしかして、照れてる？

「なんというか、ものすごいラブレターをもらった気分です」

「ら、ラブ？　いや……いえ、その通りです。私は、葵さんのことが好きですから」

言葉にするには勇気が必要だったけれど、迷わず答えた。拒否されることも、関係が変わることも、想像すると怖い。でも、安全な場所から踏み出さなければ手に入らないものもあるのだ。私は彼の「特別」の座を、手に入れたかった。

「茉莉さんは、開き直ると強いですね」

呆れたような、感心したような顔で、葵さんが言う。そして、香水瓶のふたをゆっくりと開けた。私は一つ一つ、葵さんに比べればずっと拙いけれど、メッセージを込めた香料を説明していく。

「あとは隠し味的に、父のくれた、スパイシーな――」

「ジンジャー、でしょうか」

言葉がぽろりと零れ落ちたかのようだった。葵さん自身も信じられないという顔で、掌の瓶に目を落としている。

「葵さん、もしかして……！」

私は奇跡の訪れに、声を震わせた。

「……もどかしく思ったんです。どうして、せっかく茉莉さんの気持ちのこもったプレゼントをもらったのに、自分は感じ取ることができないのだろうって。悔しくて……」

ぽたりぽたりと、滴が葵さんの手に落ちた。私は気づくと、彼を抱きしめていた。ずっと、守られてばかりいたけれど、今は彼を苦しめるあらゆるものから、守りたいと思った。腕を精いっぱい伸ばして、彼の頭を引き寄せる。首筋から、すっかり鼻に馴染んだ香りを感じた。もし再びこの香りに出会ったら、私は葵さんと過ごした日々を、彼の声や笑顔を、鮮明に思い出すだろう。

「ねえ、葵さん。葵さんは誰かのための香りばかり作り続けて、疲れてしまったのかもしれませんね。優しすぎるから、人の想いを大切にしすぎて、自分でもわからないうちに壊れそうになっていたのではないですか」

「……そうかもしれません。僕はずっと忘れていました。香りは、心を揺さぶるものだということを。調香師になって、日々追われるように仕事をこなすようになってから、心が動くことなどありませんでした。ジンジャーは、こんな風に香るものなのですね」

私はくすりと笑った。

「エウレカ、ですね」

私たちは顔を見合わせ、二人だけの秘密みたいに笑った。

ふと我に返った私は、周りの視線が気になってきた。そろそろ離れようと思ったのだが、今度は葵さんが私を抱き寄せて言った。

「茉莉さん。僕は、自分がまだ知らない、新しい香りを創造してみせます」

「じゃあ私も、もう一度誓います。研究で新発見をして、論文を書いて、ちゃんと大学を卒業します」

新しい、「約束」だ。どこにも嘘のない、本当の私たちの。

香水は、未来を信じる人たちのために存在するのだと、私は思った。香りが華やかに彩るその時を信じて、私たちは香水を纏うのだ。

「また、会えますよね？」

もちろんと頷いた葵さんから、超有名ブランドの箱に入れられた香水が届いたのは、それから二年後のこと。

香水の名は、『ma《マ》 chérie《シェリ》 matsurika《マツリカ》』。辞書を引いて動揺した私が、中身をちょっとこぼしてしまったのは、まあ仕方ないことだろう。

あとがき

この度は本書をお手に取ってくださり、ありがとうございます。

本作は何度も書き直しを重ねた、私にとって最も長い時間をかけて向き合った物語です。この物語の主役である香水も、熟成期間を経ることで香料が馴染み、香りに深みが増すそうですが、本作も手間と時間をかけたぶん、味わい深い物語になったのではないかと思います。

私が香水をテーマにした物語を書こうと思ったきっかけの一つは、作中でも何度か触れられている、「香りが記憶を呼び覚ます」ことにずっと興味を持っていたからです。ふいに嗅いだ匂いによって、昔の記憶が感情と共に蘇る。言葉では説明できないあの感覚に、幾度も心を揺さぶられました。

私の場合、記憶に刻みついている香りは祖母の家の匂いです。子供の頃から感じていた「おばあちゃんの家の匂い」は、ほんのり甘く、おしろいのようにパウダリーで、陽気でおしゃれが好きな祖母にピッタリの温かな香りでした。家を引っ越した後もその匂いは変わらず、長年不思議に感じていましたが、数年前、祖母が他界した後に香りの正体を知る機会がありました。

香りの正体は、祖母が愛用していた「シャネルの19番」でした。きっと、部屋や着ていた服に、その香りが染みついていたのでしょう。祖母がいなくなれば消えてしまうはずだった匂いが、確かな形で残っている。祖母のいない寂しさが消える日は来ないのかもしれませんが、失われない香水という存在に、少し救われたような気がしました。

本作の書籍化のご連絡をいただいた時は、ウェブ上に投稿してから時間が経っていたこともあり、とても驚きました。不安もありましたが、思い切って挑戦して良かったと思います。初めての書籍化ということで、特に編集の田口様には大変お世話になりました。愛されるキャラクターの描き方など、丁寧に納得のできるアドバイスをしてくださり、信頼して作業を進められました。感謝の気持ちでいっぱいです。また、つい物騒な方向に話をもっていきがちな私をそっと引き留めてくださったおかげで、最初に書き上げた時は二人も死んでいた物語は、どうにか誰も殺さず結末に辿り着くことができました。

最後に、読者の皆様、そして本書の出版に関わってくださった皆様に、感謝を申し上げます。貴重な経験を、次の創作の糧にしたいと思います。

次はどんな物語が生まれるか、今からわくわくしています。もちろん、茉莉や葵さんたちの物語も、続きを描く機会があれば嬉しいです。またどこかで、お目にかかれますように。ありがとうございました。

二〇二〇年　一二月七日　ｍｉｙａｂｉ

ことのは文庫

嘘《うそ》つきジャスミンと秘《ひ》密《みつ》の多《おお》い香《こう》水《すい》店《てん》

2021年3月27日　初版発行

著者　miyabi

発行人　子安喜美子

編集　田口絢子

印刷所　株式会社廣済堂

発行　株式会社マイクロマガジン社
URL：https://micromagazine.co.jp/
〒104-0041
東京都中央区新富1-3-7ヨドコウビル
TEL.03-3206-1641 FAX.03-3551-1208（販売部）
TEL.03-3551-9563 FAX.03-3297-0180（編集部）

本書は、小説投稿サイト「エブリスタ」（https://estar.jp/）に掲載されていた作品を、加筆・修正の上、書籍化したものです。
定価はカバーに印刷されています。

ISBN978-4-86716-117-3　C0193
乱丁、落丁本はお取り替えいたします。